WARNUNG

&

ERLÖSUNG

von Rebecca Hunter

*

Die „One More Night"-Serie

1

Gedämpfte Stimmen drangen durch die hölzerne Tür des Konferenzraums und ich beugte mich mit klopfendem Herzen vor. War das Jonas' Stimme? Vielleicht war er ja noch nicht da. Oder vielleicht erkannte ich auch bloß seine Stimme nach drei Monaten nicht mehr wieder. Nein. Unmöglich. Die Worte, die er mit in Paris zugeflüstert hatte, klangen mir noch immer jede Nacht im Ohr, wenn ich im Bett lag.

Du suchst jemanden, bei dem du nicht mehr davonlaufen musst.

Seine tiefe, raue Stimme erfüllte immer noch meine Träume, so sehr ich tagsüber auch versuchte, sie auszublenden.

Ich strich mir das Haar glatt und überprüfte mit der Hand den adretten, strengen Haarknoten in meinem Nacken. Gegen fünf Uhr morgens hatte ich alle Wiedereinschlafversuche aufgegeben und dadurch mehr als genug Zeit gehabt, meine widerspenstigen Haare glatt zu föhnen. Wenigstens eine Sache, die heute so lief wie, wie ich es mir wünschte.

Ich griff nach dem Türknauf, konnte mich aber nicht dazu bringen, ihn zu drehen. Das Herz schlug mir bis zum Hals. Wenn ich diese Tür öffnete, würde ich möglicherweise Jonas wieder gegenüberstehen. Allerdings nicht dem Jonas, den ich kannte. Der Mann, mit dem ich vergangenes Frühjahr zwei wundervolle Nächte verbracht hatte, existierte nicht. Das war mir klargeworden, nachdem ich all sämtliche Details zu seiner Vergangenheit gelesen hatte. Jede noch so innige Verbindung zu ihm, die ich gespürt hatte, jeder Funke Hoffnung, den er entfacht hatte, war nichts weiter als pure Fantasie gewesen.

Aber eine Sache, die er in Paris gesagt hatte, stimmte. Jetzt, wo ich wusste, was er getan hatte, wollte ich ihn nicht wiedersehen. Keine vernünftige Frau würde das.

Ich sah den leeren Büroflur hinab. Niemand da, der meinen Moment der Schwäche mitbekam. Warum hatte ich mich heute Morgen nicht dazu durchringen können, mich einfach krankzumelden? Es konnte doch gar nichts Gutes dabei herauskommen, Jonas gegenüber am Konferenzraumtisch zu sitzen. Wenn er wirklich so schlimm war, wie es sein Buch vermuten ließ, würde auch der letzte warme Schimmer meiner Erinnerungen an Paris verglühen. Wenigstens schöne Erinnerungen hatte ich doch verdient, oder? Aber die noch größere Gefahr versteckte sich ganz woanders. Denn was wäre, wenn ich doch noch eine Spur des Mannes an ihm entdeckte, der mein wahres Ich erweckt hatte? Was, wenn die unwiderstehliche Anziehungskraft seiner durchdringend blauen Augen mich wieder in ihren Bann schlug?

In dem Fall wäre ich tatsächlich so verkorkst, wie ich vermutete. Denn dieser Mann hatte im Gegensatz zu meinem Vater nicht nur wegen Diebstahls und bewaffneten Raubüberfalls gesessen. Er war schlimmer.

Doch jetzt war es zu spät, um umzukehren. Ich würde ihm ein allerletztes Mal gegenübertreten. In Neils Gegenwart. Ich musste mich zusammenreißen.

Eine schwere Hand berührte mich im Kreuz. Ich zuckte zusammen und wirbelte herum. Neil lachte, nahm jedoch seine Hand nicht weg.

„Hast du Angst, dieses Monster Jonas Hällström könnte sich an dich heranschleichen?"

Röte stieg mir den Hals hinauf. Er hatte ja keine Ahnung, wie nahe er der Wahrheit damit kam.

Neil grinste und rieb sich seinen markanten Kiefer. „Ich frage mich, ob er in echt genauso abgefuckt ist wie die Figur in seinem Buch. Er war nämlich wirklich im Gefängnis, weißt du?"

Ich runzelte die Stirn. Ja, das wusste ich.

„Aber du hast ihn ja bereits in Stockholm kennengelernt. Ist er schon hier?" Neil stand viel zu nah neben mir. Nur weil wir früher miteinander geschlafen hatten, besaß er noch lange kein Dauerrecht, mir in den Ausschnitt zu glotzen. Er sah das ganz offensichtlich anders.

Ich trat leicht zur Seite, um ein Stück von ihm abzurücken. „Keine Ahnung, ob er schon da ist."

„Wie er diesen Typen in der Bar zusammengeschlagen hat, bis er beinahe –"

„Wir sind spät dran, Neil", unterbrach ich ihn.

Neil richtete seine Krawatte und sah hinab zu meiner Hand, die immer noch auf dem Türgriff lag. „Na, dann mach auf."

Das tat ich. Ich schluckte schwer und trat ein. Langsam überflog ich den Raum mit den Augen. Sanchez. Ein Typ vom Marketing, der neben Neils rothaariger Praktikantin saß, die offenbar bereits vor Neil eingetroffen war. Was machte die denn hier?

Und Jonas.

Mir war, als würde die Zeit stillstehen. Mein verräterisches Herz machte einen Satz. Jonas trug ein weißes Hemd mit geknöpftem Kragen, das seine Tätowierungen bedeckte, aber nichts konnte seine breiten, muskulösen Schultern oder die Narben auf seinen Fingerknöcheln verbergen. Ich zwang mich, wieder nach oben zu sehen, und mein Blick wanderte über seinen angespannten Kiefer, über seine grimmig zusammengepressten, vollen Lippen bis zu seinen Augen. Einen kurzen Moment lang waren wir wieder in Paris. In seinem Blick flackerte dieser unbändige Hunger wie in unserer letzten Nacht wieder auf. Tiefe Sehnsucht und Schmerz lagen in seinen Augen. Und dann verschwand das alles und sein Gesichtsausdruck wurde kalt. Beinahe unmenschlich.

Oh, Gott. Ich würde dieses Meeting nicht überstehen.

Sanchez stand auf, als Neil und ich den Raum betraten.

„Das ist Neil Burton aus der Marketing-Abteilung", stellte er ihn Jonas vor.

Jonas' Augen wurden schmal. Diesen Gesichtsausdruck hatte ich schon in der Bar in Stockholm bei ihm gesehen: angespannter Kiefer, eiskalter Blick. Das war sein *Leg-dich-ja-nicht-mit-mir-an*-Starren, das ich schon ein paar Mal kurz hatte aufflackern sehen, und jetzt galt es Neil. Mit wenigen zielstrebigen Schritten durchquerte Jonas den Raum und gab Neil die Hand. Ich merkte, wie Neil dabei leicht zusammenzuckte.

„Und Sie erinnern sich sicherlich an Alice O'Connor", fuhr Sanchez fort.

Jonas wandte sich mir zu. „Natürlich."

Das Wort klang schroff und sein Blick wirkte distanziert, so als würde er mich nicht wiedererkennen. Warum also ging mir der Klang seiner Stimme durch und durch?

Er reichte mir die Hand. Auch als sich seine

warmen Finger um meine schlossen, blieben seine Augen kalt. Er hielt meine Hand ein wenig länger als nötig. Hitze kroch mir den Nacken hinauf, als mir ein Hauch desselben Aftershaves in die Nase stieg, das er im letzten Frühjahr getragen hatte. Verdammt. Ja, ich war tatsächlich so verkorkst, wie ich vermutet hatte.

„Schön, Sie wiederzusehen, Ms. O'Connor", sagte Jonas ohne die geringste Bemühung, es überzeugend klingen zu lassen.

Ich blinzelte und schüttelte meine Benommenheit ab. „Gleichfalls."

Jonas runzelte die Stirn und ließ meine Hand los. Ich atmete tief durch und steuerte auf einen leeren Stuhl zu, während mein Herz auf Hochtouren schlug. Wie in aller Welt sollte ich diesem Mann jetzt eine Stunde lang gegenübersitzen?

Schon vergangenes Frühjahr war die elektrisierende Anziehung zwischen uns unprofessionell und ein bisschen grenzwertig gewesen. Jetzt jedoch war sie ganz und gar unangemessen. Gefährlich. Dumm. Mein verkorkstes Herz musste eben einfach darüber hinwegkommen.

Sanchez lächelte über den Konferenztisch hinweg. „Willkommen bei Boars & Allen, Mr. Hällström."

Die rothaarige Praktikantin dimmte das Licht, und Sanchez begann mit einem Überblick über den Zeitplan und die Marketingideen. Ich bekam kein Wort von dem mit, was er sagte. Mein Körper befand sich in höchster Alarmbereitschaft. Ich spielte an meinen Bleistift herum und konzentrierte mich darauf, ein unbeteiligtes Gesicht zu machen. Jonas sah weder in meine Richtung noch ließ er sich in irgendeiner Weise anmerken, dass er sich meiner Anwesenheit bewusst war. Wenigstens käme so niemand auf die Vermutung, dass wir miteinander geschlafen hatten.

Ich warf erneut einen kurzen Blick auf Jonas. Seine Miene war noch immer wie versteinert, aber sofern dieser Jonas noch irgendetwas mit dem Mann gemeinsam hatte, den ich vergangenes Frühjahr gekannt hatte, dann war er wütend.

„Das ist ein großartiger Ansatz", erklärte Neil. „Es gibt in der Literatur eine lange Tradition von Arschlöchern, deren Memoiren sich sehr gut verkaufen, und wir glauben, dass dieses Buch perfekt in diese Nische passt."

„Es sind keine Memoiren", schnauzte Jonas. „Auch wenn ich den Arschloch-Aspekt nicht bestreiten will."

„Okay, keine Memoiren", beschwichtigte Neil rasch. „Aber es gibt Parallelen zu Ihrer eigenen Vergangenheit. Und Sie haben ebenfalls … nun ja … die Leser werden die Verbindung herstellen und das können wir nutzen."

Jonas biss die Zähne zusammen. Ich starrte ihn an und wäre am liebsten mit dem herausgeplatzt, was Neil offenbar nicht auszusprechen wagte. *Du hast ebenfalls versucht, einen Mann zu töten.* Es stand in seinem Buch. Er war dafür ins Gefängnis gewandert. Wie würde Jonas wohl reagieren, wenn ich ihm in die Augen sehen und diese Worte aussprechen würde?

„Nein. Das mache ich nicht.", kam es in eisigem Tonfall von Jonas. „Ich werde meine eigene Geschichte nicht benutzen, um den Verkauf anzukurbeln."

„Aber das macht den Reiz dieses Buches aus", beharrte Neil. „Die Leser lieben Gewalt und Tod. Sehen Sie sich doch nur Ihre Krimireihe an. Und jetzt haben Sie über Ereignisse geschrieben, die Ihrer eigenen Vergangenheit ähneln, und die Leser werden begeistert sein, denn wie oft haben sie schon die Chance auf eine Begegnung mit einem echten …"

Neil unterbrach sich. Im Raum war es totenstill.

Schließlich beugte Jonas sich vor. „Möchten Sie Ihren Satz nicht zu Ende führen? Einem echten *was?*" Seine Stimme war bedrohlich ruhig.

Neil machte den Mund auf, aber es kam nichts heraus.

Sanchez hob die Hände. „Wir wälzen hier nur Ideen, Mr. Hällström. Wir müssen diese Richtung nicht einschlagen."

Jonas' Antwort war kaum mehr als ein Knurren. Seine vernarbten Hände auf dem Tisch waren zu Fäusten geballt.

Neils kesse Praktikantin räusperte sich. „Ich habe eine andere Idee. Vielleicht könnten Sie ja eine

Fortsetzung schreiben, in der sich der Typ reinwäscht und eine neue Chance erhält. Eine Art Erlösungsgeschichte."

Jonas starrte die Praktikantin an und musterte sie eingehend. Dann schüttelte er den Kopf. „Für so einen Kerl gibt es keine Erlösung."

Für den Bruchteil einer Sekunde schweifte sein Blick zu mir. Erwartete er, dass ich ihm widersprechen würde? Da konnte er lange warten. Vielleicht hatte ich mir seinen Blick aber auch nur eingebildet, denn im nächsten Moment saß wieder der harte, eiskalte Jonas vor mir.

Neils Praktikantin meldete sich erneut zu Wort. „Sie könnten Interviews geben und darin eine sympathischere Version einer solchen Figur präsentieren. Etwas, zu dem die Leser eine Beziehung herstellen können."

Jonas' Gesichtsausdruck blieb wie versteinert. „Es gibt keine sympathischere Version."

Die Praktikantin errötete. Jonas wandte den Blick nicht von ihr ab, als nähme er sie erst jetzt richtig wahr. Ich schloss die Augen. Noch eine rothaarige Amerikanerin, in deren Bann er sich ziehen lassen konnte. Ob ihm ihre volleren Brüste auffielen? Ihr bereitwilligeres Lächeln? Mir waren die Ähnlichkeiten nicht entgangen, als Neil sie eingestellt hatte. Doch sie hatten mich nicht beunruhigt. Bis jetzt, als auch Jonas diese jüngere, attraktivere Ausgabe von mir in Augenschein nahm.

Ich konnte es keine Minute länger ertragen.

„Tut mir leid. Ich habe noch einen anderen Termin", log ich und stand abrupt auf. „Aber es war schön, Sie wiederzusehen, Mr. Hällström. Ich werde dann mit Sanchez besprechen, welche Aufgabe ich bei der Vermarktung übernehmen werde."

Sanchez runzelte die Stirn, sagte jedoch nichts. Ich rang mir ein knappes Lächeln in Jonas' Richtung ab. Seine Augen verdunkelten sich leicht, aber er schwieg.

2

ICH SAH AUF die Uhr. Halb eins. Bestimmt waren jetzt alle beim Mittagessen. Die Gelegenheit, mich hinauszuschleichen.

Sanchez hatte vorgehabt, Jonas irgendwohin auszuführen, aber ich konnte mir Jonas beim besten Willen nicht bei einem Geschäftsessen in einem vornehmen Restaurant in Midtown vorstellen. Nicht den Jonas aus Paris, und auch definitiv nicht den Kerl, der mir heute gegenübergesessen hatte.

Mit gesenktem Kopf machte ich mich auf den Weg zum Aufzug. Ich musste hier raus. Was wäre, wenn Jonas zu meinem Schreibtisch käme und mein dummes, verkorkstes Herz dazu bringen würde, aus den falschen Gründen schneller zu schlagen? Schon wieder.

Warum war ich heute bloß ins Büro gekommen? Ich wusste inzwischen, welche furchtbaren Dinge er getan hatte, und dennoch hatte mein Körper auf die elementarste Weise auf ihn reagiert. Denn das war es doch, was ich empfand, oder? Schmerzhaftes Verlangen. Vielleicht war ich meiner Mutter ähnlicher, als ich dachte.

Umso mehr ein Grund, dem Büro für heute den Rücken zu kehren. Und mich von dort fernzuhalten, bis Jonas wieder weit, weit weg war.

Ich trat aus dem Aufzug und ging auf die Glastüren zu. Sie glitten auf und ich trat hinaus in die kühle Herbstluft. Dann wurde ich langsamer und blieb stehen. Jonas. Nur ein paar Schritte entfernt. Er wartete an einen Schildpfosten gelehnt. Die Hände in den Taschen, die Schultern zum Schutz gegen die Kälte hochgezogen.

Er sah hinab auf seine Uhr. Das war meine Chance, mich umzudrehen und schnell wieder im Gebäude zu verschwinden, doch meine Füße wollten sich nicht von der Stelle rühren. Langsam hob er den Blick. Einen langen Augenblick sah er mich einfach nur an. Seine stürmischen blauen Augen wurden größer und er richtete sich auf. Ich las alles in seinen Blick hinein, was ich lieber hätte ausblenden sollen – Sehnsucht, Frustration, Wut, jede Emotion, mit der ich selbst in den letzten Monaten gerungen hatte. Und dann war da auch noch Verlangen. So großes Verlangen. Ich schnappte nach Luft, als mich die Begierde durchzuckte wie ein Blitzschlag. Jonas öffnete die Lippen – jene Lippen, von denen ich immer noch träumte. Dann presste er sie wieder zu dieser grimmigen Linie zusammen wie vorhin im

Konferenzraum.

Ich sah mich nach den anderen Menschen um, die aus dem Gebäude kamen. Niemand, den ich kannte. Gut so. Ich ging auf Jonas zu.

„Was machst du hier?" flüsterte ich.

Jonas runzelte die Stirn. „Auf dich warten."

„Wozu?"

„Um dir zu sagen, dass es mir leidtut."

Ich lachte kurz und freudlos auf. „Was denn? Dass du versucht hast, einen Mann zu töten? Denn da entschuldigst du dich bei der falschen Person."

Er sah mich lange Augenblicke an. „Ich hatte nicht beabsichtigt, dass das zwischen uns so intensiv wird."

„Ich kann mir nicht mal vorstellen, was erst passiert, *wenn* du beabsichtigst, es intensiv werden zu lassen", entgegnete ich trocken. „Oh, warte. Kann ich doch. Weil ich dein Buch gelesen habe."

Er schloss die Augen und sein Mund nahm einen grimmigen Ausdruck an. Seine Brust hob und senkte sich, als er ein paar Mal tief durchatmete, bevor er die Augen wieder aufmachte.

„Ich würde nie zulassen, dass so etwas passiert", sagte er mit harter Stimme.

„Aber das ist nicht der Punkt", schnauzte ich ihn an.

Ich warf einen kurzen Blick über die Schulter und sah die Empfangsdame, die zur Mittagspause das Gebäude verließ. Ich lächelte der Frau knapp zu und drehte mich wieder zu Jonas um. „Leider waren diese Tage in Paris einige meiner schönsten.

In meinem ganzen Leben."

Ein leidenschaftlicher Ausdruck huschte über sein Gesicht. „Das waren sie auch für mich, Alice. Daran ändert sich nichts."

Seine Worte trafen mich tief im Innern und warfen mich für einen Moment aus der Bahn. Verdammt! Warum musste er gerade jetzt so etwas sagen? Ich schüttelte langsam den Kopf. Seine Vergangenheit zu kennen, änderte alles. „Nichts ist mehr so, wie es war, Jonas."

Er sah weg. Ein Taxi hielt am Bordstein. Ich hätte einfach einsteigen und wegfahren können, einfach fliehen. Aber ich tat es nicht. Ich konnte es nicht. Selbst das Wissen, dass Jonas zu weit Schlimmerem fähig war als mein Vater, reichte nicht aus, um mich vor ihm davonlaufen zu lassen. Das war der springende Punkt, nicht wahr?

„Was zum Henker hast du bloß in diesem Kerl, Neil, gesehen?" fragte Jonas. „Er ist ein echtes Arschloch."

Ich zog die Augenbrauen hoch. „Wahrscheinlich gefällt ihm deshalb dein Buch auch so gut."

„Wahrscheinlich."

Ich konnte nicht einfach hier auf dieser belebten Straße stehen und darauf warten, dass es einfacher wurde. Ich begehrte diesen Mann noch immer, und der Drang, seinen Duft einzuatmen und seinen Mund noch einmal zu schmecken, war überwältigend. Es wurde immer schlimmer. Je eher ich wegging, desto besser.

Doch als ich mich aufrichtete und zitternd Luft holte, wanderte Jonas' Blick plötzlich zu einem Punkt hinter mir.

„Scheiße", murmelte er. „Wenn man vom Teufel spricht."

Ich drehte mich um und da trat Neil gerade auf den Bürgersteig. Er nickte uns zu. Ja, die Lage verschlimmerte sich definitiv. Aber meine Füße waren noch immer wie mit dem Gehweg verwachsen.

In Paris hatte ich mir diese Szene vorgestellt, sie mir in meiner Fantasie ausgemalt. Neil trug sogar einen Anzug und stand hier auf dem Bürgersteig der Sixth Avenue, genau wie in meiner Vorstellung. Was zum Teufel hatte ich mir nur dabei gedacht? Dass Jonas wie ein Wikingerkrieger auftauchen würde, um alles Unrecht der Vergangenheit zu rächen und Neil dazu zu bringen, die gemeinen Dinge, die er zu mir gesagt hatte, zurückzunehmen? Klar doch.

Jonas hatte den Mund wieder zu dieser grimmigen Linie zusammengepresst, die ich heute schon zu oft gesehen hatte, und sämtliches Gefühl war aus seinen Augen verschwunden. Im Konferenzraum hatte Neil ohne zu zögern an Jonas' wunden Punkten gerührt, ob nun wissentlich oder nicht. Wahrscheinlich würde er es wieder tun. Und da stand Jonas, mit finsterem Blick, die Narbe an seinem Kiefer hochrot.

Hast echt ein Händchen für Männer, Alice.

Am Klügsten wäre es wohl, wenn ich einfach

gehen würde. Wie oft hatte ich das heute schon gedacht, zehn Mal?

„Ich dachte, Sie wären mit Sanchez Mittagessen gegangen", sagte Neil und musterte Jonas kurz.

Jonas schüttelte den Kopf. „Ich musste mich um etwas anderes kümmern."

Kümmern? War ich etwa das, worum er sich *kümmern* musste?

Neil sah uns beide an und seine Augen weiteten sich. Ich runzelte die Stirn. Jonas stand immer noch an dem Straßenschild, aber irgendwann während unseres Gesprächs war ich näher an ihn herangerückt. Viel zu nah.

„Etwas, um das Sie sich zusammen mit Alice kümmern müssen?", fragte Neil. Dann grinste er. „Oh, stimmt ja. Sie stehen ja auf Rotschöpfe."

Jonas' Miene verfinsterte sich.

Neil hob die Hände. „Sorry, Kumpel. Ich dachte bloß –"

„Ich bin nicht Ihr Kumpel", blaffte Jonas ihn an. „Und wie kommen Sie dazu, so über sie zu reden?"

In diesem Moment traf ich eine Entscheidung. Vermutlich eine schlechte. Eine, die ich noch bereuen würde. Aber ihn jetzt stehenzulassen, fühlte sich noch schlimmer an.

„Jonas, lass uns woanders hingehen", sagte ich.

Beim Klang meiner Stimme zuckte er zusammen, den Blick noch immer auf Neil gerichtet. Er schluckte und seine Kiefermuskeln arbeiteten. Dann drehte er sich zu mir um. Er verengte die Augen, als wäre er sich nicht ganz sicher, ob er meiner Einladung trauen sollte.

„Sie und Alice?" sagte Neil ungläubig, fast wie zu sich selbst.

Aber ich ignorierte ihn, und Jonas tat es mir gleich. Er sah mir fest in die Augen. Schließlich nickte er.

Ohne Neil eines weiteren Blickes zu würdigen, ging ich zu dem Taxi, das am Bordstein wartete. Ich stieg hinein, dicht gefolgt von Jonas. „Zweiundzwanzigste und dritte."

Das Taxi bog um die Ecke und ich lehnte den Kopf nach hinten gegen den Sitz. Jonas stützte seinen Kopf in die Hände und schüttelte ihn langsam. Sein breiter Rücken hob und senkte sich, während er tief durchatmete. An der Ampel hielt das Taxi und bog in eine andere Straße ein.

Jonas sah mich an. „Das wird Neil dir jetzt noch öfter aufs Brot schmieren, oder?"

Ich zuckte mit den Schultern. „Ich glaube kaum, dass Neil etwas sagen wird. Er leistet sich selbst gern ein paar Indiskretionen."

„Das habe ich bemerkt." Er setzte sich auf und warf mir einen vielsagenden Blick zu. „Lass mich raten. Er hat diese Praktikantin eingestellt, kurz nachdem ihr beide Schluss gemacht hattet."

Ich verdrehte die Augen. „Ja. Sie ist süß, oder? Diese üppige rote Mähne und das kesse Lächeln."

„Du weißt nicht, wovon du redest", blaffte er mich an.

Schweigend fuhren wir ein paar Blocks weiter. Jonas sah aus dem Fenster und betrachtete die Gebäude, die auf beiden Seiten aufragten.

„Wohin fahren wir?" Die Falte auf seiner Stirn vertiefte sich. „In deine Wohnung?"

Ich funkelte ihn an. „Auf keinen Fall!"

Er zuckte leicht zusammen, erwiderte aber nichts.

Das Taxi erreichte die Ecke der Twenty-Second Street und hielt. Ich bezahlte den Fahrer und stieg aus. Jonas folgte mir und hielt diesmal betont Abstand zu mir.

Ich nickte in Richtung des Diners an der Ecke. „Da gehen wir hin. Da haben wir Ruhe."

Ruhe ja, aber es war dennoch ein öffentlicher Ort. Ich musste die Worte nicht laut aussprechen. Jonas war ihre Bedeutung sicher nicht entgangen.

Er hielt mir die Tür auf und diese galante Geste machte mich auf einmal furchtbar wütend. Ich wollte nicht, dass er höflich oder rücksichtsvoll war. Ich wollte diese andere Seite von ihm, die ich in Paris erlebt hatte, nicht sehen. Denn dieser Mensch war er nicht.

Ich marschierte zu meinem üblichen Platz an der Theke. Schlechte Idee. Ich hatte schon so oft an diesem Tresen gesessen und die Gespräche anderer Paare mitbekommen, dass ich eigentlich hätte wissen müssen, wie wenig Privatsphäre man dort hatte.

Abrupt blieb ich stehen, um stattdessen Kurs auf die Tischnischen zu nehmen, und Jonas prallte von hinten gegen mich. Raue Hände packten mich an den Schultern, bevor ich stolperte, und zogen mich wieder hoch. An seinen Körper. An die harten Muskeln seiner Brust. Kurz atmete ich den köstlichen Duft seines Aftershaves ein. Und seinen eigenen Duft. Seine scharfen Atemzüge wärmten meinen Hals und ein Schauer durchlief mich. Hitze stieg mir in die Wangen. Mist, Mist, Mist.

„Tut mir leid", murmelte er und ließ mich los. Er trat einen Schritt zurück.

Es war eine wirklich schlechte Idee gewesen.

Ich sah ihn nicht an. „Weiter hinten haben wir mehr Ruhe."

Die Einrichtung des Lokals hatte die Jahre gut überdauert und erstrahlte inzwischen wieder im Retrostil. Ich rutschte in eine Bank mit hellblauer Vinylpolsterung und Jonas zwängte sich mir gegenüber an den Tisch. Mein Herz schlug nach unserem kleinen Zusammenstoß noch immer auf Hochtouren, meine Wangen glühten und mein Körper kribbelte noch immer von seiner Berührung. Jonas' Halsschlagader pochte, aber seine Miene war ausdruckslos. Keiner von uns sagte etwas.

Die Kellnerin kam mit Kaffee und den Speisekarten. Sie warf einen Blick auf Jonas' grimmigen Gesichtsausdruck und ging wieder.

„Wie konntest du mir das verschweigen?" fauchte ich ihn an.

„Du wolltest es nicht wissen." Seine Stimme

klang hart.

„Du hast von Körperverletzung geredet. Aber einen Mann töten zu wollen? Und es tatsächlich zu *versuchen*?" stieß ich hervor.

Seine Augen waren kalt. „Gibt es andere Arten von Körperverletzung, die dir lieber wären?"

„Nein", schnauzte ich.

Aber der Begriff Körperverletzung klang viel weniger anschaulich als die zehnseitige Beschreibung seines Angriffs auf den Ex-Freund der rothaarigen Frau. Ich würde diese Szene nie wieder vergessen. Die Fingerknöchel, die ich gestreichelt hatte, hatten jemanden geschlagen, bis er zu Boden gegangen war. Die Hände, die mich gehalten hatten, hatten sich um jemandes Hals gelegt und zugedrückt. Die Stimme, die mir meine dunkelsten Fantasien zugeflüstert hatte, war dieselbe Stimme, die einem Mann gesagt hatte, dass er sterben würde.

Ich schloss die Augen. „Du warst nur ein paar Jahre im Knast. Ich dachte einfach ..."

„Dass ich doch kein so schlechter Mensch sein konnte?", führte er meinen Satz zu Ende. „Nein. Ich bin ein so schlechter Mensch. Dass meine Strafe nur so kurz war, lag daran, dass das schwedische Strafvollzugssystem mich als rehabilitiert eingestuft hat."

Bei dem Wort *rehabilitiert* verfinsterte sich sein Gesicht.

Ich lehnte mich vor. „Aber du glaubst nicht, dass du es bist?"

Jonas schloss die Augen und sagte nichts.

Die eisige Wut, die mich schon den ganzen Tag begleitet hatte, verflog ein wenig, als ich seinen Gesichtsausdruck musterte. Obwohl er sein Leben geändert hatte, konnte er sich selbst nicht vergeben. Mein Zorn auf ihn war wahrscheinlich nichts im Vergleich zu seinem Selbsthass. Vorhin im Konferenzraum hatte er sich verächtlich über Erlösungsgeschichten geäußert. Traf das auch auf ihn zu?

Jonas legte den Kopf in die Hände. Seine Schultern hoben und senkten sich und er machte keine Anstalten, sich zu verteidigen.

„Ich bin mit dir nach Paris geflogen", flüsterte ich.

„Und jetzt bereust du es." Endlich klang ein Hauch von Emotion in seiner Stimme durch. Wut. Und Niederlage.

Ich erwiderte nichts. Ich wollte Ja sagen. Ich wollte diese törichte, impulsive Reise nach Paris mit ihm bereuen. Aber was mich am meisten erzürnte, war die Wahrheit: dass ich mich immer noch an das klammerte, was wir in diesen paar Tagen erlebt hatten. Dass ich mich immer noch nach dem sehnte, was zwischen uns gewesen war.

Ich will noch ein bisschen länger so tun, als ob du meine Freundin wärst. So hatte er sich in Paris ausgedrückt, *so tun als ob.* Ich hatte bloß nicht begriffen, wie fern der Realität unsere *So-tun-als-ob-*Romanze gewesen war.

„Alice, ich kann die Dinge, die ich getan

habe, nicht ungeschehen machen", sagte er leise.

Ich sah aus dem Fenster. „Und die anderen Sachen. Mit der Frau. Hast du ihr das alles wirklich angetan?"

Er antwortete nicht. Und je länger er schwieg, desto schwieriger wurde es für mich, ihm gegenüberzusitzen. Ja, er hatte es getan.

Schließlich sah er zu mir auf, und ich hielt seinem Blick stand. „Ich habe nie etwas getan, worum sie mich nicht gebeten hatte", flüsterte er. „Aber ich hätte nicht auf sie hören sollen. Und ich hätte nie so weit mit ihr gehen dürfen." Seine Stimme klang schwer, als wäre er viel, viel älter als der Mann, den ich vor drei Monaten kennengelernt hatte.

Sex, der sich wie ein Kampf anfühlte. Diese Worte hatte er in Paris benutzt, und später an jenem Abend hatte ich selbst ihn darum gebeten. Wie dumm ich doch gewesen war. Ich hatte ihn darum gebeten, als wäre es bloß ein heißes Sexspiel. Aber für ihn war es kein Spiel.

Wir saßen schweigend da. Die Kellnerin kam erneut, um unsere Bestellung aufzunehmen, aber keiner von uns hatte die Speisekarte auch nur angerührt. Ich bestellte das Erstbeste, das mir in den Sinn kam, ein Schinken-Käse-Sandwich. Jonas nahm das Gleiche und die Kellnerin ging wieder.

„Wie schlimm, Jonas?"

Er schloss die Augen. „Warum willst du darauf herumreiten?"

Gutes Argument. Warum quälte ich mich

selbst? Und doch konnte ich es nicht lassen. Das war meine letzte Chance, dieses Puzzle zusammenzusetzen, den Mann, der im Gefängnis gewesen war, mit dem Mann aus Paris unter einen Hut zu bringen.

Wieder schwiegen wir.

„Diese Dinge im Buch, die ihr miteinander gemacht habt", sagte ich schließlich. „Sind die wirklich passiert?"

Er nickte. „Die meisten. Ich habe Details geändert, die zu viel über andere Personen preisgegeben hätten. Aber was auch immer du über diesen Kerl denkst – das kannst du über mich denken."

Andere Dinge, die er in Paris gesagt hatte, fielen mir wieder ein. Ich würde seine Sehnsucht nach Dingen wecken, von denen er nie geglaubt hätte, dass er sie mal haben könnte. Was waren das für Dinge? Härtere Sachen im Schlafzimmer, Dinge, die nicht mit Liebe vereinbar waren, wie er es formuliert hatte? Oder war er auf der Suche nach etwas anderem?

„Warum hast du es mir nicht erzählt?" fragte ich einen Hauch zu laut. Die Kellnerin sah zu uns herüber. Ich senkte die Stimme. „In der letzten Nacht im Hotel habe ich dich gebeten – "

„Und ich habe Nein gesagt", fiel er mir ins Wort. „Und dann hast du mich gedrängt. Du hast angedeutet, du würdest es sonst mit jemand anderem tun."

„Und du hast nachgegeben."

„Nein", schnauzte er. Ein Pärchen zwei Tische weiter drehte sich zu uns um.

„Ich habe nicht nachgegeben", erklärte er etwas ruhiger, aber seine Wut war immer noch hörbar. „Ich musste mich entscheiden. Ob ich dir lediglich einen kleinen Vorgeschmack auf das gebe, worum du mich gebeten hattest, oder ob ich riskieren sollte, dass du dir einen anderen kranken Dreckskerl suchst, der es tut. Das bereue ich nicht."

„Was wäre denn passiert, wenn ich dich so gedrängt hätte, wie deine Ex-Freundin es getan hat? Was wäre passiert, wenn ich dir erzählt hätte, dass mein Ex-Freund mich härter gefickt hat als du?"

Jonas sah überrascht und vielleicht sogar ein wenig amüsiert zu mir hoch. „Neil?"

Ich stieß entnervt den Atem aus. „Du weißt, was ich meine."

Er massierte seine Schläfen.

„Ich würde dir nie wehtun", sagte er und jede Spur von Belustigung war aus seinem Tonfall verschwunden.

„Wie kann ich da sicher sein?"

„Kannst du nicht", gab er rundheraus zu. „Die Wahrheit ist, dass ich mir manchmal selbst nicht traue, Alice. Also hast auch du keinen Grund dazu. Aber was ich gesagt habe, ist die absolute Wahrheit."

Das Problem war, dass ich ihm glaubte.

Die Kellnerin brachte unsere Sandwiches und stellte sie auf den Tisch. Eine Ablenkung. Mir drehte sich beim Anblick des Essens der Magen um, aber ich zwang mich, ein paar Bissen zu nehmen – ein Vorwand, um nicht in Jonas' tiefblaue Augen sehen zu müssen. Schweigend aßen wir. Als er sein Sandwich aufgegessen hatte, schob er seinen Teller zur Seite. Er stützte den Ellbogen auf den Tisch und fuhr sich mit der Hand durch die Haare. „Mir ist klar, dass ich eine Art Warnschild um den Hals tragen sollte. Deshalb habe ich das Buch ja überhaupt erst geschrieben."

Seine Stimme brach vor lauter Emotion und wieder fuhr er sich mit der Hand durch die Haare, sodass sie in alle Richtungen abstanden. Beinahe liebenswert. Doch dann fiel mein Blick auf seine Hände. Große, raue Hände. Ganz gleich, wie weit er auch von seinem früheren Leben davonlief, er würde immer die Hände eines Kämpfers haben. Die beiden oberen Gelenke seines Ringfingers standen in unnatürlichem Winkel ab und seine Knöchel waren von weißen Narben übersät.

Ich wandte den Blick ab. Es war schlimm genug, dass er eine gewalttätige Vergangenheit hatte. Aber was mich vor ihm davonlaufen lassen wollte, war nicht das, was er getan hatte. Sondern die Tatsache, dass seine lädierten Hände und all die anderen Spuren seiner Vergangenheit mich noch mehr zu ihm hinzogen, statt mich abzustoßen.

Ich legte mein halb gegessenes Sandwich hin. „Warum bist du hier, Jonas? Ich weiß, dass du Angebote von anderen Verlagen hattest, vermutlich bessere als unseres."

Er schloss die Augen und schüttelte den

Kopf.

„Ich konnte nicht anders", murmelte er. „Du hast allen Grund, mir zu sagen, dass ich mich von dir fernhalten soll. Aber ich musste einfach sehen, wie es sein würde, jetzt, wo du es weißt."

Seine Mundwinkel zogen sich nach unten. Ich streckte die Hand aus und berührte die tiefen Falten auf seiner Stirn. Seine Augen wurden groß, als meine Finger über seine Haut strichen. Ich erstarrte, als mich die Hitze traf, die von ihm ausging, und zog die Hand wieder zurück. Es war dumm, ihn zu berühren. Ihm einfach nur gegenüberzusitzen, reichte wahrscheinlich schon, dass ich wieder monatelang mit den Nachwehen unserer Begegnung zu kämpfen haben würde.

Wie einfach wäre es, diesen Mann mit in meine Wohnung zu nehmen. Alles an seiner Vergangenheit war Grund genug, Angst vor ihm zu haben. Wenn ich schon die Brutalität in seinem Buch wegstecken konnte, was würde ich sonst noch hinnehmen?

Meine Mutter hätte wahrscheinlich nie gedacht, dass sie ihr Leben lang einem gescheiterten Gauner mit gewalttätiger Ader hinterherschmachten würde. Wie viele Jahre hatte es gedauert, bis meine Mutter erkannt hatte, wie ihr Leben wirklich aussah? Wie viele Gefängnisaufenthalte meines Vaters, jeder länger als der vorherige, waren nötig gewesen?

Die Kellnerin brachte die Rechnung und Jonas reichte ihr ein paar Scheine, bevor ich auch nur einen Blick darauf werfen konnte.

„Danke. Du hättest nicht zahlen müssen", sagte ich.

Seine Augen wurden schmal. Er runzelte die Stirn und sah weg.

Ich stand auf und ging zur Tür. Es hatte zu nieseln begonnen, während wir gegessen hatten, und der Bürgersteig war nass. Kalter Wind fuhr mir durch die Kleidung und ich zog meinen Mantel enger um mich. Ich bog um die Ecke und duckte mich unter ein kleines Vordach. Jonas folgte mir und sein großer Körper hielt den Wind ab. Ich lehnte mich gegen das alte Backsteingebäude.

Bei diesem Mittagessen war nur eines deutlich geworden: wie durcheinander ich seinetwegen war. Jonas sagte nichts. Er stand einfach vor mir und wartete.

Wenn ich ihn bitten würde, sich von mir fernzuhalten, würde er es wahrscheinlich tun. Aber ich konnte mich nicht dazu durchringen, es auszusprechen.

„Wann ist dein nächstes Meeting?" fragte ich.

Er schaute auf seine Uhr. „Vor zwanzig Minuten. Bist du so weit?"

Ich schüttelte den Kopf. „Ich gehe heute nicht mehr ins Büro zurück."

Er runzelte die Stirn. Der Regen hatte zugenommen und blies Tropfen auf seine Schultern, aber Jonas schien es nicht zu kümmern.

Schließlich seufzte er. „Dann heißt es wohl Abschied nehmen."

Und mit einem Mal sah ich wieder unseren Abschied in Paris vor mir. Der Kuss auf dem Bürgersteig hatte immer wildere, beinahe verzweifelte Züge angenommen. Wir hatten bei jenem letzten Mal nichts gesagt, und auch dieses Mal gab es nichts zu sagen.

Jonas trat einen Schritt näher, berührte mich aber nicht. Abgesehen vom Händeschütteln im Büro und unserem Zusammenstoß im Diner hatte er mich überhaupt nicht berührt. War es für ihn genauso schwer wie für mich, auf Distanz zu bleiben? Ein Blick in sein Gesicht verriet mir, dass es ihm noch schwerer fiel. Sein Mund war so nah und seine Atemzüge wärmten mich.

„Ein Mal noch?" fragte er mit rauer Stimme.

Ein letzter Kuss. Da waren wir nun. Konnte ich wirklich auf meine letzte Chance verzichten, seine weichen, warmen Lippen noch einmal zu schmecken? Auf die letzte Chance, meine Hände auf seine muskulöse Brust zu legen? Eben dieser Wunsch nach *noch einem letzten Mal* hatte mich ja überhaupt erst in diesen Schlamassel manövriert, aber jetzt, wo ich erneut vor der Entscheidung stand, konnte ich mir diese Chance nicht verwehren.

„Ja", flüsterte ich.

Jonas reagierte nicht sofort. Er lehnte einen Arm an das Gebäude hinter mir und sah mir mit diesem intensiven Blick tief in die Augen. Ich konnte nirgends anders hinsehen als in die aufgewühlten blauen Augen, die ich so verzweifelt zu vergessen versucht hatte. Nichts hatte ich vergessen. Überhaupt nichts. Genau das war das Problem.

Langsam hob er die Hand an meine Wange. Mit dem Daumen streichelte er mir über die Lippen und ließ mir alle Zeit der Welt, zurückzuweichen. Aber Zurückweichen war längst keine Option mehr. Ich schloss die Augen, und seine Lippen berührten meine. Tief aus seiner Brust klomm ein Stöhnen empor, und ich antwortete mit meinen eigenen verzweifelten Lauten. Alles an ihm fühlte sich so pur an. So gut. Er küsste mich erneut. Seine Lippen liebkosten meine, lockten sie, sich ihm zu öffnen. Als ich mich im Rausch der Erleichterung verlor, ihn endlich berühren zu dürfen, änderte sich die Intensität. Er legte mir eine Hand in den Nacken, und seine Zunge überredete und bettelte, bis ich jede Berührung mit immer größer werdendem Hunger erwiderte. Ich fummelte an seiner offenen Jacke herum. Nur noch ein bisschen näher, noch ein bisschen mehr. Seine Muskeln spannten sich an, als ich die Hände darauflegte. Ich würde nie genug von diesem Mann bekommen. Ich holte kurz Luft, dann küsste ich ihn erneut, liebkoste seine Zunge mit meiner. Doch allzu bald bremste er mich aus. Er zog sich zurück und küsste meinen Hals. Mit heißem, leidenschaftlichen Blick sah er mir einen langen Moment in die Augen, dann zog er mich wieder an sich und hielt mich fest.

„Warum musst du darin so gut sein?" flüsterte ich.

Er ließ mich los und richtete sich auf. Gott, war er groß. Ich hatte vergessen, wie es sich anfühlte, ihm so nahe zu sein, einem Mann, dessen Präsenz sowohl Bedrohung als auch Versprechen sein konnte.

Er schob die Hände in die Taschen. „Ich wohne im Hilton, Ecke vierundfünfzigste und sechste. Ich reise morgen ab."

Er wartete meine Antwort nicht ab. Er drehte sich den Regenböen entgegen und ging.

3

IRGENDWO HATTE ICH MAL gelesen, dass das Gehirn schon eine Entscheidung getroffen hat, lange bevor das Bewusstsein sie erfasst. Das bedeutete, dass ein Großteil der Minuten oder Stunden – oder, in diesem Fall, eines ganzen Nachmittags –, die ich damit verbrachte, eine Entscheidung zu fällen, reine Zeitverschwendung war. Mein Gehirn hatte die Sache schon längst beschlossen, bevor ich glaubte, mich entschieden zu haben.

Während ich mit dem Taxi stadtaufwärts fuhr, versuchte ich den Augenblick auszumachen, der wirklich den Ausschlag gegeben hatte. Mit Sicherheit war es nicht der Augenblick vor einer halben Stunde gewesen, als ich endlich meine Jogginghose gegen ein Kleid getauscht hatte. Vielleicht der Augenblick, als ich Jonas' Manuskript erneut in die Hand genommen und die brutalsten Passagen noch einmal gelesen und dabei ständig aufs Neue Abscheu empfunden hatte und – was noch schlimmer war – eine ebenso große Sehnsucht nach dem Mann, der von dieser Vergangenheit gequält wurde? Oder war es der Moment gewesen, als ich mich auf mein Bett gesetzt und die kleine Schachtel mit den Fotos aus meiner Kindheit geöffnet hatte, von damals, als mein Vater noch da gewesen war? Wahrscheinlich weder das eine noch das andere.

Mein Gehirn hatte vermutlich schon Stunden vorher eine Antwort gefunden, als wir auf der verregneten Straße gleich um die Ecke von meiner Wohnung gestanden hatten. Wahrscheinlich konnte ich sogar den exakten Moment benennen, in dem mein Schicksal besiegelt wurde: als Jonas' warme Lippen meine berührt hatten. Der Abschiedskuss hatte sich rasch in Lust und Verlangen verwandelt, aber im ersten Moment hatten Jonas' Lippen mir etwas anderes vermittelt.

Ich gebe mich dir hin.

Was lächerlich war. Selbst wenn ich mit meiner Interpretation richtiglag, würde ich mich davor hüten, es auch zu glauben. Männer machten ständig Versprechungen und meistens sogar in der ehrlichen Absicht, sie zu halten. Aber außerhalb des Schlafzimmers hielten Versprechen nur selten lange. Niemand ließ sich ständig von seinem Herzen leiten. Weder Jonas noch sonst irgendwer.

Der Regen hatte irgendwann am Nachmittag aufgehört, aber die Straßen waren immer noch nass. In den Fenstern der Gebäude, an denen ich vorbeikam, spiegelten sich die Sonnenstrahlen.

Konnte Jonas' Vergangenheit jemals wirklich verblassen oder würde sie immer präsent bleiben? Sein Buch beschrieb organisierte Kämpfe mit ebenbürtigen Gegnern, die völlig freiwillig gegeneinander antraten. Und provozierte Kneipenschlägereien, in denen die Gegner einander nicht ebenbürtig waren. Und dann war da noch der Mann, den Jonas hatte töten wollen.

Das schwedische Strafvollzugssystem hatte ihn entlassen, aber was genau bedeutete es, rehabilitiert zu sein? Eine Freiheitsstrafe war als Bestrafung gedacht, die mit der Entlassung abgeleistet war, und nichts, das jemanden bis ans Lebensende brandmarkte. Aber wie viele Menschen schafften es, ihr altes Leben nach einer Gefängnisstrafe hinter sich zu lassen? Mein Vater hatte sich nie lange aus Schwierigkeiten heraushalten können.

Aber dieser Kuss. Dieser Kuss auf dem Bürgersteig war eine nur allzu lebhafte Erinnerung an alles, wovon ich mir in Paris zu träumen erlaubt hatte. Er passte nicht zu dem Mann aus seinem Buch. Dem Mann, der die dunklen Spielchen mit seiner Ex-Freundin dermaßen außer Kontrolle hatte geraten lassen.

Das Taxi bog in die kreisförmige Hotelzufahrt ein. Ich bezahlte den Fahrer, stieg aus und starrte auf die Glastüren vor mir. Selbst wenn ich seine Zimmernummer gewusst hätte, würde ich auf keinen Fall hinaufgehen. Hotelzimmer bedeuteten nur eines. War ich hier, um noch eine Nacht mit Jonas zu verbringen, obwohl ich seine Vergangenheit kannte?

Vielleicht hatte mein Gehirn auch das bereits entschieden. Aber die Antwort konnte doch unmöglich Ja lauten, oder?

Ich machte einen Schritt und dann noch einen, und die Türen glitten auf. Ich betrat die riesige Lobby und blieb nach wenigen Schritten stehen. Nicht ganz das, was ich erwartet hatte. Ich hatte mir etwas mit gedämpfter Beleuchtung vorgestellt, vielleicht mit einem angrenzenden, ruhigen kleinen Restaurant, in dem ich mich ein wenig sammeln konnte. Stattdessen war die Hotellobby ein offen geschnittener, kreisrunder Raum mit riesigen Säulen und einer großen Statue in der Mitte. Eine Seite war von einer Reihe Schreibtischen gesäumt, von der anderen aus gelangte man zu den Fluren. Ich stand dicht vor dem Eingang, während die Gäste ihr Gepäck um mich herummanövrierten.

„Kann ich Ihnen helfen?" Ein Mann in Hoteluniform kam auf mich zu.

Ich blinzelte. Es war ein Fehler. Ich hätte nicht herkommen sollen.

„Nein, danke", erwiderte ich und machte kehrt.

Und da, direkt vor mir in Zufahrt, kam Jonas den Bürgersteig hinauf. Zunächst bemerkte er mich nicht. Als er aufblickte, weiteten sich seine Augen, als wäre ich der letzte Mensch, den er zu sehen erwartet hatte. Er verlangsamte seine Schritte, bis er schließlich ein Stück vor mir stehenblieb.

„Hi", sagte ich leise.

Er hob die Augenbrauen. „Du bist hier." Er sah nicht gerade begeistert aus, mich zu sehen. Eher verblüfft.

Ich verschränkte die Arme. „Ich weiß gar nicht genau, was ich hier mache."

Er zeigte keine Reaktion. Um uns herum betraten und verließen Gäste das Hotel. Eine Frau wurde langsamer, als sie an Jonas vorbeiging, und musterte ihn anerkennend. Ob sie ihn wohl auch so ansehen würde, wenn sie wüsste, dass er im Gefängnis gewesen war?

Schließlich wurde Jonas' Miene weicher. Er hob die Hand und legte sie an meine Wange. Es war als zärtliche Geste gedacht, aber als seine rauen Finger sanft über meine Haut kratzten, durchfuhr mich eine Welle der Sehnsucht. Sein Blick wurde leidenschaftlich, und einen Moment lang glaubte ich, er würde mich küssen.

Doch da ließ er die Hand wieder sinken und runzelte die Stirn. „Ich muss etwas aus meinem Zimmer holen. Wenn du noch hier bist, wenn ich wieder zurückkomme, können wir versuchen herauszufinden, was wir hier eigentlich tun."

EIN PAAR MINUTEN später trat Jonas aus dem Flur mit den Fahrstühlen. Er hatte seinen Anzug gegen Jeans und einen Kapuzenpulli mit Reißverschluss getauscht. Mein Herz schlug schneller. Er sah mich nicht. Als er die Lobby betrat, wurde er langsamer und blieb nicht weit von mir entfernt stehen. Stirnrunzelnd sah er sich um. Seine breiten Schultern hoben und senkten sich.

Was würde er wohl tun, wenn er dächte, ich wäre wieder gegangen? So wie ihm jetzt war es mir damals in Paris ergangen, als er nicht am Flughafen aufgetaucht war. Aber als ich den niedergeschlagenen Ausdruck auf seinem Gesicht sah, konnte ich mich nicht länger verstecken.

„Jonas?"

Er drehte sich zu mir um und langsam breitete sich ein Lächeln auf seinem Gesicht aus. Er verschränkte die Arme vor der Brust, was selbst durch sein Sweatshirt hindurch die Größe seiner Bizepse betonte. Es war einfach unmöglich, seine überwältigende Körperlichkeit zu ignorieren. Er hatte eine so immense Ausstrahlung.

„Du bist noch hier."

Ich nickte.

„Hast du Hunger?", fragte er.

Ich schüttelte den Kopf. „Noch nicht. Du?"

„Nein."

„Wohin wollen wir gehen?" fragte ich.

Er zuckte mit den Schultern. „Mir egal."

„Du bist in New York", lachte ich. „Willst du dir nichts ansehen? Das Empire State Building? Die Freiheitsstatue?"

Er deutete ein Lächeln an, schüttelte aber den Kopf. „Wie wär's mit dem Central Park?"

Ich warf einen Blick auf meine Uhr. „Uns

bleibt wahrscheinlich noch etwa eine Stunde, bevor die Sonne untergeht."

Verwirrt runzelte er die Stirn.

Ach ja, richtig. Ich selbst würde niemals in der Dämmerung allein durch den Central Park spazieren, aber Jonas führte ein völlig anderes Leben. Eigentlich war er sogar genau der Typ Mann, dessentwegen ich die Straßenseite wechseln würde, wenn ich ihm nachts begegnete. Was wäre es wohl für ein Gefühl, einen Freund wie Jonas zu haben und mit ihm durch die dunklen Straßen von New York zu wandern in dem Wissen, dass er es so gut wie mit allem und jedem aufnehmen konnte? Heute Abend würde ich einen kleinen Vorgeschmack darauf bekommen.

„Ich kenne da ein schönes Fleckchen", sagte ich. „Nehmen wir uns ein Taxi."

Er folgte mir zur Straße und hielt mir die Tür eines Taxis auf. Ich nannte dem Fahrer das Ziel und warf einen verstohlenen Blick auf Jonas. Die Narbe, die sich über seinen markanten Kiefer zog, und sein Fünf-Uhr-Schatten ließen ihn noch grimmiger aussehen, wenn er nicht lächelte. Und das tat er nicht mehr.

Er sah mich aufmerksam an.

„Heute keine Locken?", fragte er.

Ich rümpfte die Nase. „Wenn ich meine Haare lockig lasse, kräuseln sie sich wie wild. Besonders bei Regen."

Jonas spielte mit einer verirrten Strähne, die sich aus meinem Haarknoten gelöst hatte, sagte aber nichts.

„Du hast nicht gedacht, dass ich kommen würde?" fragte ich leise.

Mit skeptischem Blick schüttelte er den Kopf.

„Ich bin froh, dass du es getan hast, aber ich bin mir nicht sicher, wohin das führen wird." Er sah mich wieder an und lächelte schief. „Es läuft meistens besser, wenn ich weiß, was auf mich zukommt."

Natürlich. Der Mann in seinem Buch war impulsiv, ließ sich von Wut, Lust und dem Drang treiben, immer die Oberhand zu behalten. Der Mann, der hier neben mir saß, hielt diese Seiten seiner Persönlichkeit eisern unter Verschluss. Ich fragte mich, wie sehr er wohl jeden Tag mit sich ringen musste, um sich so unter Kontrolle zu halten? In Paris hatte ich eine kleine Ahnung von dieser Seite an ihm erhaschen können, aber heute im Konferenzraum hatte ich verstanden, warum er lieber allein war und sich vom Rest der Welt abschottete. Er lebte sein neues, rehabilitiertes Leben in der Überzeugung, nicht für die Gesellschaft anderer geschaffen zu sein, ganz gleich, was in seinen Entlassungspapieren stand.

Aber wie konnte ich mir ein Urteil darüber erlauben? Ich hielt mein eigenes Leben genauso eisern unter Kontrolle. Ich kam früh zur Arbeit und ging spät, um dafür zu sorgen, dass ich nie arbeitslos sein würde. Dass ich nie von jemand anderem abhängig sein würde. Jonas hatte recht gehabt in Paris. Jede Entscheidung, die ich traf, machte ich daran fest, ob sie mich weiter von meiner Vergangenheit wegbrachte oder nicht.

Jede Entscheidung – außer denen, die Jonas betrafen.

Wir fuhren am Rand des Parks entlang, der von den üppigen Farben des Herbstes gesäumt war. Es war Jahre her, dass ich das letzte Mal im Central Park gewesen war. Damals, als ich noch in Brooklyn gelebt hatte. Damals, als mein Leben noch nicht so festgefahren war.

ES LAG EIN GEWISSES Misstrauen in der Art, wie Jonas auf Distanz zu mir blieb, die Hände in die Taschen gesteckt, als wir den Park betraten. Die Orange- und Gelbtöne des Herbstes hatten die Oberhand gewonnen und übertönten das satte Grün des Sommers. Die Bäume und das Gras glitzerten nach dem Regenguss, und die Luft war immer noch feucht und schwer. Ich fröstelte und zog meinen Mantel enger um mich.

„Der Central Park ist größer, als ich dachte", bemerkte Jonas. „Ich hatte schon gehört, dass in diesem Land alles groß ist, aber es ist trotzdem überraschend."

Ich nickte. „Das meiste davon habe ich selbst noch nicht gesehen. Nur das Met – das Museum, an dem wir vorbeigekommen sind – und diese Stelle, zu der wir jetzt gehen. Aber es gibt noch jede Menge andere Dinge, die ich schon immer mal machen wollte. Einen Zoo, Konzerte im Sommer, eine Eislaufbahn im Winter."

Er drehte den Kopf zu mir. „Läufst du

Schlittschuh?"

„Kein bisschen. Du?"

Jonas grinste. „Bei uns in Schweden stellt man die Kinder schon in der Vorschule auf Schlittschuhe, falls du dir das vorstellen kannst."

Ich konnte mir Jonas nicht einmal ansatzweise als Kind vorstellen.

„Hast du auch Hockey gespielt?" fragte ich.

„Klar."

„Ich wette, du warst gut." Ich konnte ihn im Eishockeyring vor mir sehen, ein wenig älter und deutlich größer als die anderen Jungs. Wenn ich mir allerdings seine Vergangenheit vor Augen hielt, dann hatte er vermutlich die meiste Zeit auf der Strafbank verbracht.

Jonas seufzte. „Eine Zeit lang habe ich es ernsthaft versucht, aber Mannschaftssport ist nicht wirklich mein Ding. Und ich kam nicht mit dem Trainer klar. Außerdem kostet es eine Menge Geld."

„Und deine Eltern konnten dir nicht aushelfen?"

Jonas zuckte mit den Schultern. „Ich habe sie nie gefragt."

Er hatte schon einmal erwähnt, dass er nicht viel Geld gehabt hatte. Wie hart hatte er um das kämpfen müssen, was er wollte? Wenn er so war wie ich, hatte er vermutlich Hunderte von Träumen aufgegeben, weil er wusste, dass es sinnlos war, sich nach etwas Unerreichbarem zu sehnen.

„Fragst du dich manchmal, wie dein Leben unter anderen Umständen verlaufen wäre?"

Er machte ein finsteres Gesicht und rieb sich den Nacken. „Als Teenager habe ich ständig darüber nachgedacht. Wie es sich anfühlen würde, in einem schönen Haus zu wohnen statt in einer miesen, heruntergekommenen Wohnung. Wie es wäre, einen Vater zu haben, der Arbeit hat und sein Sozialhilfegeld nicht nur für Bier ausgibt. Aber was hat es für einen Sinn, über Dinge nachzudenken, die man nicht haben kann?"

Ich nickte. Jonas hatte seine Familie noch nie mit auch nur einem Wort erwähnt. Wir gingen den Bürgersteig entlang, wichen Pfützen aus, und ich wartete, ob er weiterreden würde.

„Aber in letzter Zeit habe ich mich oft gefragt, wie es wohl gekommen wäre, wenn ich mich am College beworben hätte", fuhr er nach einer Weile fort. „Ich hatte die entsprechenden Noten und in Schweden ist das College kostenlos, also hätte ich hingehen können. Aber ich konnte mir dieses Leben einfach nicht vorstellen." Er sah zu mir herüber und fügte hinzu: „Du weißt schon, College, einen Bürojob, einen Chef, heiraten, Kinder, all dieser Mist."

„All dieser Mist", wiederholte ich mit leisem Lächeln.

Auch er lächelte. „Aber vielleicht hätte es ja auch mehr als nur zwei Optionen gegeben."

Damals in der Highschool waren mir meine Möglichkeiten ebenfalls sehr begrenzt vorgekommen. Die Option, schwanger zu werden, hatte ich tunlichst vermieden, also blieb mir nur die

Möglichkeit, es irgendwie aus meinem Viertel herauszuschaffen und ein Leben zu beginnen, in dem die Begriffe Räumungsbefehl, Wiederholungstäter und Bewährung nicht zum Alltag gehörten. All die Dinge, von denen ich mir geschworen hatte, nie wieder damit in Berührung zu kommen.

Das hatte ich zumindest geglaubt. Jonas brachte diese Grundfesten meines Lebens ins Wanken.

Im Park war noch jede Menge Betrieb, obwohl die Sonne bereits hinter den Bäumen verblasste. Auf dem Gehweg tummelten sich Jogger, Menschen, die ihre Hunde spazieren führten, und einige Pärchen.

Ich zeigte auf einen Aussichtspunkt mit Steintreppen zu beiden Seiten. „Dahin wollte ich."

Ich ging zu der verschnörkelten Balustrade hinüber, von der aus man den Brunnen und den See überblicken konnte, und Jonas folgte mir dicht auf den Fersen. Er stützte die Hände auf das steinerne Geländer und betrachtete die idyllische Szene, die das Stadtleben so weit entfernt erscheinen ließ. Die Orangetöne des Herbstlaubs spiegelten sich im Wasser und schimmerten in der Abenddämmerung. Es war so lange her, dass ich hier gestanden hatte. Es kam mir fast so vor, als wäre ich damals ein anderer Mensch gewesen. Und jetzt war ich mit Jonas hier.

Er war ganz still. Dann drehte er sich um, lehnte sich gegen das schwere Steingeländer und sah mich an.

„Das hatte ich jetzt nicht erwartet", gestand er mit hochgezogenen Augenbrauen. „Ich dachte, du stehst nicht auf kitschigen Romantikkram."

Er lächelte, aber in seinen tiefblauen Augen lag Neugier.

„Tu ich auch nicht", erklärte ich. „Ich bin nur einmal hier gewesen, vor langer Zeit."

Er warf mir einen fragenden Blick zu. „Wenn ich in einer Stadt wie dieser leben würde, würde ich jeden Tag hierherkommen."

Ich zuckte die Schultern.

„Lass uns runter ans Wasser gehen", sagte ich.

Wir gingen die Steintreppe hinunter zur Terrasse. Der Springbrunnen war nicht in Betrieb und der See dahinter lag still und ruhig da. An einem Ende schimmerte der Patio des Boathouse-Restaurants sanft in der untergehenden Sonne und in den Fenstern waren die Silhouetten der Gäste zu sehen.

Jonas' warmer Atem kitzelte meinen Hals. Er war nah, so nah. Würde ich den Kopf drehen, könnte ich mit den Fingern über die Stoppeln an seinem Kiefer fahren und seine vollen Lippen zu meinen dirigieren. Sie war wieder da, diese auflodernde Anziehungskraft, die jedes Mal heißer wurde, wenn ich ihm nahekam. Ich wollte ihn berühren, ich wollte wieder diese unbefangene Geborgenheit spüren wie in Paris. Nur eine letzte Nacht lang?

Ich richtete mich auf. „Lass uns ein Stück gehen."

Ich schlug den Weg am Ufer ein und Jonas folgte mir. Die Stille wurde drückender, als die Erinnerungen, die ich verdrängt hatte, wieder über mich hereinbrachen. Die Linien seiner Tätowierungen. Die harten Muskeln seiner Brust unter meinen Fingern. Das Gewicht seines schweren Körpers auf meinem. Und die Worte, die er gesagt hatte.

Nein. Ich durfte mir diese Worte nicht wieder ins Gedächtnis rufen, nicht jetzt. Ich suchte nach einem unverfänglichen Gesprächsthema, aber mir wollte nichts einfallen.

„Kann man diese Ruderboote mieten?", fragte Jonas und zeigte auf eine Stelle ein Stück vor uns am Ufer.

Ich nickte. „Aber um diese Zeit wahrscheinlich nicht mehr."

Eine Windböe wehte einige Blätter über den Weg.

„Hast du das schon mal gemacht?", fragte er.

Ich nickte langsam. „Einmal."

„Mit Neil?"

Ich schnaubte. „Nie im Leben." Bei der Vorstellung, wie Neil in seinem teuren Anzug in ein Boot kletterte, musste ich kichern. „So was ist nicht sein Ding."

„Mit wem dann?"

„Ein Typ aus der Highschool." Mist. Ich sollte das Gespräch lieber in eine andere Richtung lenken. Oder vielleicht merkte Jonas selbst, dass es besser war, nicht nachzuhaken, so wie damals in Paris. Aber von Paris waren wir Lichtjahre entfernt.

„Ein fester Freund?"

Ich zuckte mit den Schultern. „Nicht wirklich." Ich sah zu ihm hoch.

Er erwiderte meinen Blick herausfordernd. „Du weißt von jedem verdammten Fehler, den ich begangen habe. Und davon willst du mir nichts erzählen?"

Ich stieß den Atem. „Na schön. Ich war sechzehn und er zwei Jahre älter. Ich dachte, er wüsste gar nicht, dass ich existiere, und konnte es kaum glauben, als er mich fragte, ob ich mit ihm ausgehen würde. Wir sind mit dem Taxi von Brooklyn hierhergefahren, was ein Vermögen kostet, und dann ist er mit mir in einem dieser Boote rausgefahren. Und die ganze Zeit über konnte ich nicht fassen, dass er mich um ein Date gebeten hatte."

Ich schluckte und bemühte mich um einen neutralen Tonfall. „Dann sind wir ein bisschen durch den Park geschlendert und er hat mir ein Eis gekauft. Ich hatte nie geglaubt, dass mir mal so etwas passieren würde." Ich holte tief Luft. „Dann sind wir zurück in seine Wohnung gefahren und er wollte, dass ich ihm einen blase."

Jonas blieb stehen. Ich drehte mich um, und sein Gesicht hatte wieder diesen unheimlichen, ausdruckslosen Zug, den ich schon früher bemerkt hatte. „Und hast du?"

Ich runzelte die Stirn. „Na ja, nein. Aber ein paar Augenblicke lang dachte ich, er würde mich dazu zwingen."

Jonas rührte sich nicht.

Jetzt hatte ich ihm schon so viel erzählt, da konnte ich ihm auch noch die letzten demütigenden Einzelheiten verraten. „Wie sich herausstellte, hatte ein anderer Typ mit ihm gewettet, dass er mich nicht dazu bringen könnte, ihm einen zu blasen. Also habe ich ihm gesagt, dass ich es nicht tun würde, er aber erzählen könnte, was immer er wollte. Und ich es nicht abstreiten würde. Ich nehme an, dass es ihm nur darum ging."

Jonas schloss die Augen. Seine Halsschlagader pulsierte. Als er mich wieder ansah, lag Schmerz in seinem durchdringenden Blick. Er machte einen zaghaften Schritt auf mich zu und legte langsam die Arme um mich. Als ich mich nicht wehrte, zog er mich näher an sich und drückte mich an seine breite Brust.

„Warum zum Teufel hast du mich in Paris um all diesen Scheiß gebeten?" Sein rauer, wütender Tonfall passte so gar nicht zu der Art, wie er mir langsam und beruhigend mit der Hand über den Rücken strich.

Ich stieß einen zittrigen Atemzug aus und ließ meine Anspannung von mir abfallen, während ich so an seiner Brust lag. Es gab keine gute Antwort auf diese Frage, außer, dass ich neugierig gewesen war. Damals an der Highschool war es dasselbe gewesen. Ich hatte den Ruf des Typen gekannt und war trotzdem mit ihm ausgegangen. Ich hatte meinen Eltern die Schuld daran gegeben, meinem Viertel und all den anderen Dingen in meinem Leben, die dazu geführt hatten, dass ich mir immer genau den Kerl gesucht hatte, der vor Gewalt und Männlichkeit nur so strotzte. Aber jetzt, wo es mir mit Jonas ebenso erging, war ich zu alt, um die Schuld bei jemand anderem als mir selbst zu suchen.

Jonas' Brust dehnte sich und zog sich zusammen, und sein warmer Atem fuhr mir durchs Haar. Er hob die Arme, legte mir die Hände auf die Schultern und hielt mich ein Stück von sich weg.

„Was zum Teufel hast du dir dabei gedacht?", sagte er leise. „Ich hätte ..." Er erschauderte. „Du hättest nicht so viel Vertrauen in mich setzen dürfen."

Ich zog meinen Mantel enger um mich und wandte den Blick ab. Eine Frau mit einem winzigen Hund kam an uns vorbei. Sie sah uns nicht an und hielt sich dicht am Rand des Wegs. New Yorker gaffen nicht, selbst dann nicht, wenn sie auf einem dämmrigen Spazierweg an einem bedrohlich aussehenden Kerl vorbeikommen, der mit wütendem Blick eine Frau festhält.

Jonas verlagerte sein Gewicht von einem Fuß auf den anderen, während er auf eine Antwort von mir wartete. Als ich nichts sagte, trat er näher an mich heran und baute sich vor mir auf. Als ob ich daran erinnert werden müsste, wie groß er war. Wie ein Blitzschlag durchfuhr mich weißglühende Lust.

Oh, Gott! Es war, als wäre mein Körper darauf programmiert, sofort zu reagieren, wenn Jonas' aufgebracht war. Und er wusste es.

„Warum bist du hier?", fragte er etwas leiser.

„Wenn du auf eine weitere Nacht aus bist, in der wir uns die Kleider vom Leib reißen, sage ich nicht Nein. Aber das muss ich jetzt wissen, bevor wir den nächsten Schritt machen."

Bei seinen Worten durchlief mich eine weitere Welle des Verlangens und mir stockte der Atem. Wenn ich mich schon nicht hatte entscheiden können, was ich eigentlich wollte, nachdem ich den ganzen Nachmittag lang ruhelos in meiner Wohnung auf und ab gelaufen war, würde ich ihm ganz sicher nicht hier und jetzt mein Herz ausschütten, wo ich mich mit jeder Faser meines Körpers danach sehnte, ihn berühren zu dürfen.

Jonas schien die sexuelle Spannung bemerkt zu haben. Er verengte die Augen.

„Bist du deswegen hier?", fragte er mit harter Stimme. „Weil du noch eine Nacht willst? Weil du entschieden hast, dass ich doch nicht zu gefährlich für einen letzten Fick bin?"

Es war keine Frage. Es war eine Anschuldigung. Ich sah den Weg hinab, aber es war niemand in der Nähe. Die Sonne war untergegangen und im Park wurde es dunkel.

„Fahr zur Hölle, Jonas", flüsterte ich. „Du warst derjenige, der bei unserem Abschied in Paris die Grenzen festgelegt hat."

Er machte ein finsteres Gesicht, erwiderte

aber nichts. All mein Frust, der sich den Nachmittag über angestaut hatte, kochte hoch und ich konnte nicht verhindern, dass er sich entlud.

„Nein, Jonas. Mein Problem ist, dass du mir eben keine Angst machst", erklärte ich. „Mein Problem ist, dass ich trotz all der schrecklichen Dinge, die du getan hast, dennoch in dein Hotel gekommen bin. Dass ich dich jetzt, wo ich mehr über dich weiß, sogar noch stärker begehre. Das ist es, was mir Angst macht."

Ich atmete ein paar Mal tief durch. Mein Herz raste, aber ich hielt seinem Blick stand, als er mich von oben herab anfunkelte. Er trat einen Schritt vor und dann noch einen, und zwang mich zurückzuweichen, bis ich mit dem Rücken gegen einen der Bäume am Wegrand stieß.

„Macht es dir Angst, dass ich weiß, dass deine Wohnung gleich um die Ecke von dem Diner liegt, in dem wir heute Mittag essen waren?", fragte er mit harter Stimme. Ich wurde hellhörig. Meine Wohnung? Der einzige Ort auf der Welt, der nur mir allein gehörte? Aber Jonas ließ mir keine Zeit, meinen Gedankengang fortzusetzen. „Macht es dir Angst, dass ich weiß, wie ich jederzeit in deine Wohnung einbrechen könnte?" Er lehnte sich näher. „Du hast mein Buch gelesen. Du weißt, was ich getan habe."

Wäre dies eine Szene in einem Film, hätte ich mit den Augen gerollt. Keine vernünftige Frau würde mit einem Ex-Sträfling mit Hang zur Gewalt auf einem spärlich beleuchteten Fußpfad im Central

Park spazieren gehen. Aber genau so verhielt ich mich gerade, wie eine Motte, die vom Feuer angezogen wird, und mein Verräter von Körper stand kurz davor, in Flammen aufzugehen. Und noch immer trat ich nicht den Rückzug an.

„Der Typ von der Highschool, der mit mir Boot gefahren ist, hätte auch in meine Wohnung einbrechen können – er und jeder seiner Freunde", fauchte ich ihn an. „Aber meine Haustür ist noch heil. Wozu man fähig ist und was man tatsächlich tut, ist nicht zwangsläufig dasselbe."

Urplötzlich waren seine Hände unter meinem Hintern und er presste meine Mitte gegen seine steinharte Erektion. Er stöhnte. „Macht es dir Angst, dass ich hart werde, wenn du wütend auf mich bist?", flüsterte er. „Dass ich mir schon die primitivsten Möglichkeiten überlegt habe, wie ich diese Diskussion für mich entscheiden könnte?"

Ich stöhnte leise auf. Wenn das ein Versuch sein sollte, mir Angst einzujagen, mir zu beweisen, dass er ein ebenso großes Arschloch war wie alle Kerle seines Schlags, dann hatte es nicht die beabsichtigte Wirkung. Oder vielleicht doch. Ich stand schon so nah am Abgrund. Mir blieb nichts anderes mehr übrig, als mich hinabzustürzen.

„Dann tu es", sagte ich. „Zeig mir, wovor ich Angst haben sollte."

Jonas knurrte, ein richtiges Knurren. Sein Mund landete hart auf meinem, seine Zähne schlugen gegen meine, seine Zunge plünderte meinen Mund. Es war roh – pure, ungezügelte Lust ohne die geringste Finesse. Endlich hielt er sich nicht mehr zurück. Ich versuchte, mit ihm mitzuhalten, aber er bombardierte mich regelrecht mit seinem hungrigen Mund, seinen rauen Händen und der schieren Kraft seines Körpers. Er krallte mir die Finger in die Pobacken, während er sein Becken gegen mich stieß. Ich wehrte mich gegen seinen unerbittlichen Griff, doch vergebens. Und es fühlte sich verdammt noch mal himmlisch an.

Er brach den Kuss ab. Seine wilden Augen funkelten in dem schwachen Licht.

„Du hast ja keine Ahnung, was du da verlangst", fauchte er.

Ich funkelte ihn wütend an. „Weißt du eigentlich, wie herablassend du dich anhörst?"

Er presste seine Lippen an den Ansatz meines Halses und saugte heftig. Überrascht schrie ich auf. Er ließ seinen Mund ein Stück tiefer wandern, bis zu der zarten Mulde über meinem Schlüsselbein. Ich schloss die Augen und legte den Kopf in den Nacken. Erneut saugte er, diesmal fester, und so eng, wie er gegen mich gepresst stand, spürte ich, wie ein Zittern durch seinen Körper lief. Er stöhnte laut, hemmungslos. Sein Blick fand meinen und ich sah nichts als bodenlosen Hunger darin, unstillbares Verlangen, das an Schmerz grenzte.

„Ich werde nicht aufhören, bis ich zu weit gegangen bin", flüsterte er. „Macht dir das Angst?"

Bevor seine Worte zu mir durchdringen konnten, lag sein Mund schon wieder auf meinen, gierig, unersättlich. Mit seinem Körpergewicht hielt er meinen Rücken gegen den Baumstamm gepresst, er schob die Hände unter meinen Mantel und tastete nach meinen Brüsten. Seine Handflächen fühlten sich heiß an, sogar durch den Stoff meines Kleides hindurch. Ich schloss die Augen und lehnte den Kopf nach hinten an die raue Baumrinde. Er fand meine Brustwarzen und kniff sie, während er gleichzeitig seine steinharte Erektion gegen mich stieß. Ein lauter Schrei entfuhr mir und ließ mich aufschrecken. Wir hatten jeglichen öffentlichen Anstand völlig vergessen.

Ich öffnete die Augen und erstarrte. Nur ein paar Schritte entfernt stand ein Mann, nicht viel kleiner als Jonas, und starrte uns an.

„Oh", keuchte ich und richtete mich auf.

Jonas hielt inne und sein ganzer Körper war angespannt. Sein Blick suchte meinen und folgte ihm zu dem Mann. Im Bruchteil einer Sekunde veränderte sich Jonas' gesamte Körperhaltung. Er schloss die Arme um mich wie einen Kokon und legte eine Hand schützend an meinen Kopf.

„Lassen Sie uns gefälligst in Ruhe", knurrte Jonas und ließ den Mann nicht aus den Augen.

Der Fremde rührte sich nicht. Er sah von Jonas zu mir und wieder zu Jonas. Dachte der Kerl, ich wäre in Gefahr? Jonas konnte die Situation offenbar nicht einschätzen. Oder vielleicht ging es auch nur mir so.

„Alles okay, Jonas", flüsterte ich.

Er schüttelte den Kopf leicht.

Ich wandte mich an den Mann. „Mir geht es gut. Wir ..." Ich suchte nach den richtigen Worten. „Wir sind zusammen."

Der Typ runzelte die Stirn. „Dann nehmt euch ein Zimmer."

„Gute Idee", murmelte Jonas. Endlich lockerte er seinen Griff ein wenig.

Mit gerunzelter Stirn sah der Mann noch ein paar Mal zwischen uns hin und her, dann ging er. Ich holte mehrmals tief Luft und versuchte, meine Atemzüge zu verlangsamen.

Jonas ließ die Arme noch lockerer und trat ein Stück zurück. Er sah sich um, als würde er unsere Umgebung zum ersten Mal wahrnehmen.

„Wir müssen hier weg", sagte er leise.

Ich nickte, und er fasste sich in den Schritt, um seine sehr unbequem aussehende Erektion zurechtzurücken. Ich zog mir mein Kleid wieder gerade, und wir gingen über den Fußweg zurück in Richtung Boathouse. Er berührte mich nicht, ging jedoch deutlich näher neben mir als vorhin und sah sich immer wieder um.

Ich war unruhig und nervös. Die ganze Zeit über hatte ich mich auf einen Unterton der Gewalt gefasst gemacht, ja, förmlich darauf gewartet, dass seine Gewalttätigkeit schließlich doch noch ihr hässliches Haupt erhebt. Doch selbst heute Abend, als ich mich ihm so verletzlich gezeigt und ihn dazu aufgefordert hatte, mir die schlimmste Seite von sich zu zeigen, hatte er mir etwas anderes offenbart. Und zwar Hunger, einen Hunger, der nach mehr als nur körperlicher Befriedigung verlangte.

Ich werde nicht aufhören, bis ich zu weit gegangen bin. Bei den Worten, die er geflüstert hatte, ging es um etwas ganz anderes als Gewalt. Etwas viel Intimeres. Langsam begann ich zu vermuten, dass ich ihn völlig falsch eingeschätzt hatte.

Ich sah zu ihm hoch. Tiefe Falten lagen auf seiner Stirn und sein Kiefer war angespannt. Er hatte nicht ein einziges Mal in meine Richtung gesehen, seit wir weitergegangen waren.

Er war dabei, sich wieder in seine eigene Gedankenwelt zurückzuziehen, und seinem Gesichtsausdruck nach zu urteilen, war das kein schöner Ort. Die Lichter des Boathouse strahlten vor dem Abendhimmel. Drinnen aßen Paare zu Abend, unterhielten sich und taten das, was normale Paare eben so tun. Ich runzelte die Stirn. Wenn wir jetzt das Restaurant beträten, würden beim Anblick von Jonas' aufgebrachter Miene sämtliche Gespräche verstummen. Selbst wenn Jonas und ich es über eine weitere gemeinsame Nacht hinaus schaffen würden – könnten wir jemals eins dieser normalen Pärchen sein?

Wir verlangsamten unsere Schritte, als wir durch die Fenster hindurch die romantische Szenerie betrachteten. Tiefe Falten lagen auf Jonas' Stirn.

„Du bist nicht angewidert vor mir?"

„Nein", antwortete ich leise. Ganz und gar nicht.

„Du hast keine Angst?"

Ich hatte mich zu keinem Zeitpunkt körperlich von ihm bedroht gefühlt, falls seine Frage darauf abzielte. Aber es gab mehr, vor dem man Angst haben konnte, als rohe körperliche Gewalt.

Ich seufzte. „Nicht so, wie du meinst."

Das Abendlicht war inzwischen fast völlig verblasst.

„Was machen wir jetzt?", fragte ich ihn mit hochgezogener Augenbraue. „Gehen wir in dein Hotelzimmer?"

Ich hatte es scherzhaft gemeint, aber er lächelte nicht.

„Nein", erwiderte er. „Ich bin nicht an einer weiteren Nacht in einem Hotelzimmer mit dir interessiert."

Gab er mir etwa einen Korb? Unsere körperliche Verbindung war das einzige zwischen uns, das außer Frage stand. Und das wollte er ausschlagen? Wenn ich es genauer betrachtete, hatte er uns schon von seinem Hotel weggelotst, seit ich dort aufgetaucht war.

Röte schoss mir ins Gesicht und ich wandte den Blick ab. Den ganzen Nachmittag lang hatte ich mir den Kopf über einer Entscheidung zerbrochen, die er schon längst für uns beide getroffen hatte.

Jonas legte mir die Hand an die Wange und lenkte meinen Blick sanft zu ihm zurück. „Ich habe die Nase voll von Hotelzimmern. Ich möchte mit dir in deine Wohnung kommen und uns etwas zu essen bestellen und reden und dich küssen und noch mehr reden."

Ich versteifte mich. In meine Wohnung? Nein.

„Kommt nicht infrage", sagte ich.

Er blickte finster drein. „Du bist also bereit, in einem Hotelzimmer Sex mit mir zu haben, willst mich aber nicht in deine Wohnung lassen?"

Ich schüttelte den Kopf. „Du verstehst das nicht. Meine Wohnung ist ..." Ich zog die Stirn in Falten. „Das hat nichts mit dir zu tun, Jonas. Ich nehme niemanden mit in meine Wohnung."

Es war keine wirkliche Regel. Es hatte sich einfach so ergeben. Ich traf mich immer auswärts mit Leuten, zum Essen oder auf einen Kaffee. Meine Wohnung war einfach zu klein und zu abgelegen, als dass es sich für irgendjemanden angeboten hätte, mich dort zu besuchen. Selbst meine Mutter war noch nie da gewesen. Und jetzt wollte Jonas mitkommen?

Seine Augen waren ganz schmal und seine Kiefermuskeln arbeiteten. „Das alles haben wir schon hinter uns", erklärte er und deutete auf den Park. „Herumschlendern, bis ich dermaßen scharf auf dich bin, dass ich nicht mehr klar denken kann, und dann ab ins Hotel zum Ficken. Mir ist egal, wie sehr ich dich begehre. Deswegen bin ich nicht hier."

Ich runzelte die Stirn. „Können wir nicht einfach in eine Bar gehen oder so?"

„Und was passiert danach?" Er streichelte mir mit den Fingern über die Schulter und den Arm hinab. „Denn ich will nicht die nächsten Stunden damit verbringen, deiner Stimme zu lauschen, dich zu berühren, deinen Duft einzuatmen, nur um dann wieder einen Schlussstrich zu ziehen."

Ich schnaubte. „Und hier geht es nur darum, was du willst?"

Er schloss die Augen. „Nein. Ich bin einfach nur offen und ehrlich. Ich möchte mit in deine Wohnung kommen und mit dir auf deiner Couch sitzen. Ich möchte mir deine Bilder und dein Bücherregal ansehen, wenn du es nicht mitbekommst. Ich möchte dich auf deinem eigenen Bett ausziehen, nicht in irgendeinem Hotelzimmer."

Mehr von dem, was er in Paris gesagt hatte, fiel mir wieder ein. *Ich will all das, was ein egoistischer Dreckskerl im Knast nicht haben kann.*

„Ich will mehr, Alice", sagte er mit eindringlicher Stimme. „Ich bin ein völlig verkorkster, vorbestrafter Dreckskerl. Du hast allen Grund, schleunigst Reißaus zu nehmen. Aber ich bin hier, weil ich hoffe, dass eine winzige Chance besteht, dass du nicht wegrennst. Dass du die gleiche Verbindung zwischen uns spürst wie ich."

Ich musterte ihn an und versuchte, seine Bemerkung zu verarbeiten. Damals in Paris hatte ich mich dieser Fantasievorstellung hingegeben. Dass mehr daraus werden könnte. Aber es war nicht real. Wir hatten nur ein paar Tage zusammen verbracht. Und selbst wenn ich auf meinen Körper hören würde, der mir mit jeder Faser zuschrie, dass all diese Dinge keine Rolle spielten, so bot Jonas mir doch immer noch alles ausschließlich zu seinen Bedingungen an.

„Was meinst du mit mehr?" Ich verschränkte die Arme. „Du kommst mit in meine Wohnung und siehst dir meine Fotos an und stöberst in meinen Bücherregalen und liegst in meinem Bett. Und dann reist du morgen ab. Verstehst du das etwa unter mehr?"

Mit seinen großen Händen umfasste er meine Wangen, dann legte er seine Lippen auf meine, ließ sie dort verweilen, und unsere Atemzüge verschmolzen miteinander. „Ich weiß es nicht."

Heute Morgen hatte ich mir noch gesagt, dass ich diesem Mann nie wieder gegenübertreten konnte. Jetzt zog ich in Erwägung, ihn mit in meine Wohnung zu nehmen. *Meine Wohnung.*

Er fuhr sich mit der Hand durch die Haare und runzelte die Stirn. Dann steckte er die Hand in die Tasche seiner Jeans und zog etwas heraus. Etwas Kleines.

„Ich habe auf den richtigen Zeitpunkt hierfür gewartet", murmelte er, „aber wie es aussieht, wird der wohl nicht kommen."

Er öffnete die Hand ein Stück weit und hielt sie mir hin. Auf seiner Handfläche lag eine rechteckige Schachtel, schwarz mit weißer Schrift. In Französisch. Mein Herz machte einen Satz.

„Für dich", sagte er leise.

Mein Herz zog sich schmerzhaft zusammen. Ich nahm die kleine Schachtel und öffnete den

Deckel. Zum Vorschein kam ein Paar Ohrringe aus langen, zarten Silberfäden. Die Ohrringe, die mir in dem Pariser Schaufenster so gut gefallen hatten. Wunderschön und eleganter als alles, was ich sonst an Schmuck besaß. Er hatte sie für mich gekauft.

„Ich hätte sie gleich damals kaufen sollen, als wir dort gestanden haben", sagte er.

Ich blinzelte zu ihm hoch. „Du bist noch mal hingeflogen?"

Er nickte. „Vor ein paar Wochen. Sie lagen noch immer im Schaufenster."

Ich fuhr mit den Fingerspitzen über die filigranen Silberfäden, nahm sie jedoch nicht aus der Schachtel.

„Aber du hast doch gedacht, ich würde nichts mehr mit dir zu tun haben wollen", flüsterte ich.

Jonas schloss die Augen und seufzte. „Dazu hättest du ja auch jedes Recht gehabt. Aber ich musste ständig daran denken. Daran, wie sehr ich dich wiedersehen wollte. Und wenn ich mir einmal etwas in den Kopf gesetzt habe, kann ich nicht mehr davon ablassen."

Ich konnte den Blick nicht von den Ohrringen abwenden. Damals vor diesem Pariser Schaufenster hätte ich mir im Traum nicht vorstellen können, dass sie tatsächlich einmal mir gehören könnten.

„Was hättest du denn damit gemacht, wenn ich heute Abend nicht gekommen wäre?"

Er zuckte seine breiten Schultern. „Sie

behalten. Um mich daran zu erinnern, dass es in dieser dunklen Welt ab und zu auch ein kleines bisschen Licht geben kann."

Tränen brannten mir in den Augenwinkeln.

„Das tut weh", sagte ich und deutete auf ihn, den ruhigen See und das verträumt schimmernde Boathouse. „Ich weiß nicht einmal, warum."

Seine Mundwinkel bogen sich nach unten. „Das alles tut weh, Alice. Die letzten drei Monate haben wehgetan. Lass uns dafür sorgen, dass es den Schmerz wert war."

Herbstblätter wehten über den Bürgersteig und der Verkehrslärm der Stadt drang durch die Bäume. Ich stemmte eine Hand auf die Hüfte. „Wir kennen uns doch gar nicht. Das hier ist nichts als Wunschdenken und Lust. Das hat keinen Bestand."

„Mag sein." Er nickte langsam und sah mich mit seinen dunklen, blauen Augen fest an.

Ich hatte erwartet, dass er stärker protestieren würde, doch er tat es nicht. Hatte er eingesehen, wie unrealistisch es war, mehr zu wollen? Und war trotzdem hergekommen?

Ich schüttelte den Kopf. „Wir sehen einander nicht so, wie wir wirklich sind. Wir projizieren lediglich all unsere Hoffnungen in den anderen hinein."

Er streckte die Hand aus und strich mir eine Haarsträhne hinters Ohr. Dann streifte er mit den Fingern meinen Hals hinab und mich durchlief ein Schauer. „Was für Hoffnungen?"

„Ich weiß es nicht." Ich kniff die Augen zu,

als seine Berührung in meinem Körper nachhallte. Es fiel mir zunehmend schwerer, den Rückzug anzutreten.

Er ließ seine Hand an meinem Hals verweilen und streichelte mir sanft und beschwörend mit dem Daumen über die Haut. „Möchtest du es nicht herausfinden?"

Ich war drauf und dran, Nein zu sagen. Doch als ich den Blick hob und in seine aufgewühlten Augen sah, konnte ich mich der Wärme und Zuneigung, die darin lag, nicht entziehen. Konnte ich es wagen, mir nur ein einziges Mal alles zu erhoffen?

Ich schluckte schwer und stieß zitternd den Atem aus. „In Ordnung. Gehen wir in meine Wohnung."

Mit einem Stöhnen murmelte er ein paar Worte – auf Schwedisch, wie ich vermutete. Dann kam er näher zu mir, bis seine Lippen meine fast berührten.

„Das hier, genau jetzt", flüsterte er. „Das ist mehr, als ich je zu hoffen gewagt hätte."

Er suchte meine Hand, die ich in meine Jackentasche gesteckt hatte, und hielt sie sich an den Hals. Ich spürte seinen heftigen Pulsschlag unter meinen Fingern. „Mein Herz fühlt sich an, als würde es gleich explodieren."

Er legte seine Lippen auf meine und schloss so die letzte Distanz zwischen uns. Er küsste mich so zärtlich, dass es fast unerträglich war. Wie konnte dies derselbe Mann sein, der mich mit all der ungezügelten Lust eines Mannes geküsst hatte, der frisch aus dem Gefängnis kam? Er liebkoste meinen Mund mit sinnlichen Berührungen seiner vollen Lippen. Der Kuss war sanft, voller Herzschmerz und tiefer Sehnsucht.

Es war, als ob er eine Geheimsprache sprach, eine Sprache, von der ich gar nicht gewusst hatte, dass ich sie verstand, eine Sprache, die mir unter die Haut ging und direkt in mein schmerzendes Herz eindrang. Jonas und ich waren dabei, über eine Klippe zu treten und in die Dunkelheit hinabzustürzen.

Er brach den Kuss ab und seufzte. Dann nahm er meine Hand und sah sich auf den verschlungenen Wegen des Parks um. „Wie in aller Welt kommen wir hier wieder raus?"

4

WIR GINGEN ZUR Seventy-Second Street, wo wir ein Taxi fanden. Ich stieg ein und nannte dem Fahrer die Adresse, bevor Jonas mich an seinen großen Körper zog. Er schlang die Arme um mich, und ich schloss die Augen, atmete seinen Duft ein und konzentrierte mich auf das stetige Auf und Ab seiner Brust.

Keiner von uns beiden sprach. Irgendetwas zwischen uns hatte sich verändert, und wir bewegten uns gemeinsam auf neuem Terrain, das noch zu frisch und unbekannt war, um daran zu rühren. Aber es war real. Der Mann aus Paris – der Mann, von dem er behauptete, er existiere nicht – saß wieder neben mir. Oder zumindest eine Version von ihm.

Der Taxifahrer setzte uns vor meinem Haus ab, dann verschwand der Wagen in der Dunkelheit.

Ich deutete auf das alte Backsteingebäude mit seiner schwarzen Feuerleiter aus Metall und den schwach erleuchteten Fenstern.

„Da wären wir", sagte ich und ging zur Tür.

Doch Jonas folgte mir nicht.

„Kommst du jeden Abend allein hierher?"

Ich drehte mich um. Er stand immer noch am Bordstein und ließ den Blick in beide Richtungen über den leeren Bürgersteig schweifen. Seine Miene war hart, beinahe wütend, und seine Stimme klang trügerisch ruhig.

Ich seufzte. „Ja, aber normalerweise noch im Hellen. Ansonsten bitte ich den Fahrer zu warten, bis ich drinnen bin."

Er runzelte die Stirn, sagte aber nichts weiter.

„Komm", forderte ich ihn auf und deutete auf die Treppe. „Du wolltest doch meine Wohnung sehen, oder?"

Sein Gesichtsausdruck wurde etwas weicher und er rieb sich den Nacken. Schließlich nickte er und folgte mir die Treppe hinauf.

Wir gingen durch den engen Flur und ich bemerkte Jonas' wachsame Anspannung. Er schien bereit für alles, was da kommen mochte. Ausnahmsweise griff ich nicht nach meinem Pfefferspray, als ich die Stufen zu meiner Wohnung hochging. Die Glühbirne in der Lampe neben meiner Tür war durchgebrannt und ich hantierte mit den Schlüsseln herum. Ich sah hoch zu Jonas und sein Blick wanderte von der durchgebrannten Glühbirne zu mir. Er brauchte kein Wort zu sagen.

Ich wusste, was er dachte.

„Ich kann auf mich aufpassen, weißt du", bemerkte ich. „Ich wohne schon mein ganzes Leben in New York."

Er schüttelte den Kopf. „Da draußen gibt's jede Menge kranke Wichser. Ich weiß, wovon ich rede." Er zeigte auf die defekte Glühbirne und die schmale Treppe, die den Blick auf den Flur versperrte. „Das hier gefällt mir nicht."

Ich hörte auf, mit den Schlüsseln zu hantieren, und drehte mich zu ihm um. „Verdammt, was soll das, Jonas? Willst du mir erzählen, warum es nicht sicher ist, allein zu sein? Dass ich jemanden brauche, der sich um mich kümmert? Denn das habe ich alles schon gehört."

Ich biss die Zähne zusammen und verfluchte ihn innerlich dafür, dass er mich dazu gebracht hatte, mich zu fragen, wie es wohl wäre, mit einem Mann wie ihm zusammenzuleben und nicht ständig in Alarmbereitschaft sein zu müssen, sobald ich meine Wohnung verließ. Ich verfluchte ihn dafür, dass er mich dazu gebracht hatte, meinen Schutzwall fallen zu lassen, wenn auch nur vorübergehend. Denn Jonas würde ja nicht bleiben. Er würde sich nicht um mich kümmern. Wir würden niemals nach einem gemütlichen Restaurantbesuch so wie jetzt zusammen nach Hause kommen. Selbst wenn wir beide das wollten, stellte die Regierung Ex-Häftlingen höchstwahrscheinlich keine Arbeitsvisa aus. Es war schon ein Wunder, dass wir ihn überhaupt hatten einreisen lassen.

Jonas schloss die Augen und fuhr sich mit der Hand durch die Haare.

„Tut mir leid", murmelte er. Er sah mich mit seinen tiefblauen Augen skeptisch an. „Ich weiß nicht, wie man sich in so einer Situation verhält."

Ich blinzelte zu ihm hoch, und einen Moment lang sah er verloren aus.

„Lass uns reingehen", sagte ich.

Ich schloss die Tür auf und wir gingen hinein. In meinem Flur war normalerweise gerade genug Platz, um meinen Mantel auszuziehen, aber nun standen wir dicht aneinandergedrängt. Ich zog die Augenbrauen hoch. „Es ist ein bisschen eng."

„Das macht mir nichts aus", erwiderte er. Er zog seine Schuhe aus und zwängte sich an mir vorbei, wobei er mich mit seinen großen Händen an den Hüften festhielt. Er blieb ganz kurz stehen und ich spürte seinen Atem in meinem Haar, bevor er den Flur verließ.

Ich hängte sein Sweatshirt auf, während er meine Wohnung betrat. Mein Herzschlag beschleunigte sich. Die Wohnung war winzig, und das Einzige, das jünger war als ich, war der Anstrich, den ich den Wänden bei meinem Einzug verpasst hatte. Das Linoleum auf der Küchenarbeitsplatte war vergilbt und eins der Fenster klemmte schon, bevor ich eingezogen war.

Aber Jonas schien all diese Details nicht zu bemerken. Er sah sich meine Habseligkeiten an.

Das Problem mit Gästen in einer

Einzimmerwohnung war das Bett. Mein schmales Einzelbett, auf dem ich verschiedene Kissen verteilt hatte, stand ganz in der Ecke unter dem Fenster. Dass ich ein Bett besaß, war an sich kein Geheimnis, aber als Jonas' Blick geradewegs darauf fiel, setzte mein Herz einen Schlag aus. Es war nicht besonders subtil, einen Mann ohne Umschweife direkt mit ins Schlafzimmer zu nehmen.

Jonas schob die Hände in die Hosentaschen und schlenderte in den Raum. Er trug ein T-Shirt, das seine breiten Muskeln betonte, die sich bei jeder Bewegung anspannten. Ich lehnte mich gegen den Türrahmen und beobachtete ihn, wie er mit seinem großen, unwiderstehlichen Körper in meinen privaten Bereich eindrang. Er ging an dem langen, niedrigen Bücherregal an der Backsteinwand entlang und hielt hier und da inne, um sich einen Titel genauer anzusehen. Er zog einen Krimi eines anderen schwedischen Autors heraus und drehte sich wieder zu mir um.

„Per Henrik Högberg", sagte er und hielt das Buch hoch. „Der ist ziemlich gut."

Ich nickte. Die Heizung schien heute auf Hochtouren laufen. Entweder das oder ich hatte Mühe zu verarbeiten, dass Jonas hier in meiner Wohnung war. Woran auch immer es lag, langsam wurde ich nervös. Ich ging durchs Zimmer, um das noch funktionierende Fenster zu öffnen. Straßenlärm drang herein.

„Ich bin beeindruckt", erklärte Jonas. „Du hattest nicht mit Besuch gerechnet und trotzdem ist dein Bett gemacht."

Ich zuckte mit den Schultern. „Gewohnheit, schätze ich. Bei meiner Mutter war ich von klein an fürs Aufräumen zuständig."

„Sieht toll aus. Ich wette, sogar das Bad ist sauber."

Ich musste lachen. Das war es tatsächlich. Was hätte ich sonst tun sollen, als ich heute Morgen um fünf aufgewacht war?

Jonas lächelte. „Falls du je auf einen Überraschungsbesuch bei mir vorbeikommst, findest du bestimmt kein sauberes Bad vor."

Ein Überraschungsbesuch in Stockholm? Er wusste, dass ich für so etwas kein Geld hatte. Was für eine Zukunft stellte er sich denn vor?

Er ging weiter am Bücherregal vorbei und kam mir immer näher. Aber er sah nicht zu mir, sondern zu dem kleinen Foto, das am Ende des Bücherregals stand. Dem Foto von meiner Mutter und mir auf Coney Island vor vielen, vielen Jahren. Er hatte sich Zutritt zu meinem privaten Rückzugsort erschlichen und nun hatte er das einzige Foto in meiner ganzen Wohnung entdeckt. Jonas war jetzt ganz still und schweigsam. Und ich stand kurz vorm Platzen.

Er nahm den Rahmen in die Hand und hielt ihn ins Licht. Ich wappnete mich für die Fragen, die garantiert kommen würden, aber er stellte das Bild wortlos wieder hin. Vielleicht würde er ja doch nicht fragen. Vor Erleichterung sackten meine Schultern hinab. Die Sache wurde mir jetzt schon viel zu viel.

Aber dann drehte er sich zu mir um und seine blauen Augen wirkten aufgewühlt. „Was ist aus deinem Vater geworden, Alice?"

„Mein Vater?" Ich runzelte die Stirn. Warum wollte er darüber sprechen?

Aber Jonas sah mich mit festem Blick an. „Ich möchte es gern wissen."

„Da gibt's nicht viel zu erzählen", erklärte ich. „Er war ein Taugenichts in jeder Hinsicht. Als Vater, als Ehemann, als Dieb und als Verbrecher."

„Aber deine Mutter hat ihn wieder bei sich aufgenommen", sagte er leise.

Ich seufzte. „Jedes Mal."

„War er je gewalttätig?"

Ich zuckte zusammen. „Nicht mir gegenüber."

Er legte mir eine Hand an die Wange und streichelte sie mit einer Sanftheit, die ganz und gar nicht zu einem Mann wie ihm passte. Und er wartete.

Ich seufzte. „Bei meiner Mutter bin ich mir nicht so sicher. Ich habe es mich manchmal gefragt, wenn ich dachte, ich höre –"

Nein. Ich konnte es nicht aussprechen. Ich hatte diese Tür fest verschlossen und würde nicht wieder dorthin zurückkehren. Nicht einmal Jonas zuliebe.

Zorn blitzte in seinen Augen auf. Er wartete. Aber es gab nichts mehr zu sagen.

Er runzelte die Stirn. „Und du hast Angst, so

zu enden wie deine Mutter?"

Ich schüttelte den Kopf. „Nein. Ich lasse nicht zu, dass es je so weit kommt."

Wenn das bedeutete, für den Rest meines Lebens einsam zu sein, dann war das eben so. Das hatte ich mir im Laufe der Jahre schon unzählige Male gesagt. Aber erst bei meiner Abreise aus Paris hatte ich wirklich erkannt, wie einsam der Rest meines Lebens tatsächlich sein könnte.

Jonas legte mir den anderen Arm um die Schulter und trat näher. Etwas überrumpelt versteifte ich mich. Zum ersten Mal war ich mir nicht sicher, ob ich seine Nähe wollte, doch er wich nicht zurück. Ich holte zittrig Luft, und er streichelte mir mit dem Daumen über die Seite. Noch immer lagen tiefe Falten auf seiner Stirn und seine Augen wirkten verletzlich und voller Bedauern.

„Ich habe dir schon einmal gesagt, dass ich dir niemals Gewalt antun würde. Und das meine ich auch so", erklärte er sanft. „Aber ich habe Angst, dass ich deinetwegen völlig den Kopf verliere und dich mit in den Abgrund ziehe. Es hat mich heute Morgen in deinem Büro schon wahnsinnig gemacht, als du gegangen bist. Ich hätte jeden Tag vor deinem Gebäude gewartet, bis ich dich wiedergesehen hätte. Wenn wir jetzt wieder etwas anfangen, habe ich Angst, dass ich dich nicht mehr in Ruhe lassen kann."

Während er sprach, wurde sein Griff um meine Taille fester und seine Finger bohrten sich in meine Haut. „Es jagt mir eine Heidenangst ein, wie sehr ich mit dir zusammen sein will. Und wir fangen gerade erst an. Ja, es hat mich verdammt scharfgemacht, dich in Paris auf dem Bett festzuhalten. Ich wollte dich haben und nie wieder loslassen."

Er stöhnte leise auf und sein intensiver Blick war wie Feuer. Er griff nach unten, um sich zurechtzurücken, und seine Atemzüge wurden schneller. „Ich habe Angst vor der Intensität meiner Gefühle. Und wenn ich es verbocke und du mich verlässt, weiß ich nicht, was ich tun würde. Ich werde uns beiden das Herz brechen, weil ich mich nicht bremsen kann."

Meine Finger zitterten, als ich seinen nackten Arm berührte. Es war zu viel, um es zu verarbeiten. Jonas hatte diese Seite von sich von Anfang an nicht versteckt. Er war ungestüm und hatte mir von Anfang an gesagt, dass er dazu neigte, sich von Dingen so sehr in ihren Bann schlagen zu lassen, dass es zur Besessenheit werden konnte. So, wie es ihm mit mir erging. Im Bett äußerte sich das als stürmische Leidenschaft. Im besten Sinne. Doch außerhalb des Schlafzimmers? Das war die Kehrseite dieser Intensität, die Seite mit dem wesentlich größeren Zerstörungspotenzial. Ich hatte bloß nicht erwartet, lange genug mit ihm zusammen zu sein, um entscheiden zu müssen, ob ich damit umgehen könnte.

Jonas wandte den Blick ab und holte abgehackt Luft. „Ich habe immer wieder darüber nachgedacht, seit ich Paris verlassen habe, und ich sehe einfach keine Möglichkeit, wie es ein gutes Ende nehmen könnte. Weder für mich, noch für dich."

„Aber du bist trotzdem gekommen", flüsterte ich.

Er nickte. „Ich bin trotzdem gekommen. Und ich laufe geradewegs ins Feuer. Dessen bin ich mir bewusst. Und trotzdem will ich nicht umkehren."

Ich betrachtete die Falten auf seiner Stirn und wartete, bis er mich wieder ansah. Er hielt meinem Blick stand und die Anziehung zwischen uns brodelte. In dieser Hinsicht gab es keinerlei Fragen. Ohne Kleider am Leib konnten wir wieder zueinanderfinden. Und noch mehr. Ich war im Begriff, mich auf eine weitere Achterbahnfahrt zu den Gipfeln der Lust, den Gipfeln der Intimität, einzulassen, wohl wissend, dass mich nichts als abgrundtiefe Einsamkeit erwartete, sobald er wieder fort wäre. Wir wurden beide in das uns eigene sexuelle Magnetfeld hineingesogen, driften immer schneller aufeinander zu, je länger er blieb.

Als er seine Hand in mein Haar schob, stieß ich einen langen Seufzer der Erleichterung aus. Mein Körper hatte sich eindeutig entschieden, auch wenn mein Verstand noch unschlüssig war.

„Aber ich werde alles daransetzen, es nicht zu vermasseln. Einfach nur hier mit dir in deiner Wohnung zu sein, ist alles, was ich je wollte. Alles, von dem ich nie gedacht hätte, es je zu finden", flüsterte er. „Wenn ich es nicht schaffe, es diesmal nicht zu versauen, dann besteht wirklich keine

Hoffnung mehr für mich. Endgültig."

Er wandte den Blick ab, die Mundwinkel nach unten gezogen.

„Du hast mir gefehlt", sagte ich. „Ich kenne dich kaum, und trotzdem habe ich mich nach dir gesehnt."

Er sah mich wieder an und Hoffnung lag in seinen Augen. Dann legte er seinen Mund auf meinen. Es war kein Kuss. Es war ein Ausbruch schmerzenden Verlangens, des gleichen Verlangens, das auch ich schon den ganzen Tag lang verspürt hatte, die Art von Verlangen, die mich dazu gebracht hatte, zu Jonas' Hotel zu fahren. Pures, hungriges Verlangen. Das außer Kontrolle zu geraten drohte.

Also ließ ich es geschehen.

Ich schob meine Hände unter Jonas' T-Shirt und legte sie auf seine harten, heißen Bauchmuskeln. Gott, er fühlte sich so gut an, so richtig. Er stöhnte und ließ seinen Mund meinen Hals hinabwandern. Als er mir sanft mit den Zähnen über die Haut kratzte, schnappte ich nach Luft.

„Verdammt", murmelte er. „Ich bin kurz vorm Kommen und wir haben noch immer unsere Klamotten an."

Ich lächelte. „Dann lass sie uns ausziehen."

Er ließ mich los und ich trat – noch immer atemlos – einen Schritt zurück. Er zog sein Shirt aus und entblößte seine beeindruckenden Muskeln, Narben und Tattoos. Worte, dunkle Kreaturen,

Muster, alles Teile von ihm. Wie oft hatte ich mich zu der Erinnerung an diesen Anblick selbst befriedigt? Heute Nacht würde ich mich endlich nicht mehr nur mit einer Erinnerung zufriedengeben müssen.

„Ich will dich, Alice", flüsterte er. „So sehr. Hier, auf deinem winzigen Bett mit den Unmengen von Kissen. Ich will dich küssen und halten und dich kommen lassen, bis dieser misstrauische Ausdruck aus deinem Gesicht verschwindet."

Mein Atem wurde schneller.

Jonas umfasste meine Wangen. „Also zieh deine Sachen aus."

Mein Herz raste dermaßen, dass ich kaum noch klar denken konnte. Ich drehte mich um, stupste ihn mit der Schulter an und flüsterte: „Ziehst du mir bitte den Reißverschluss auf?"

Er gab ein tiefes, leises Knurren von sich und schob mein Haar zur Seite. Seine warmen Finger streiften über meine Haut, während er den Reißverschluss meines Kleids herunterzog. Dann wurden seine Bewegungen langsamer, und mir lief einen Schauer der Vorfreude über den Rücken. Er küsste meinen Nacken und streifte mir das Kleid mit seinen rauen Fingerspitzen von den Schultern.

Seine Hände waren zärtlich, vertraut. Ich biss mir auf die Lippe. Waren wir im Begriff, weiter zu gehen, als ich zu gehen bereit war?

Das Kleid glitt an mir hinab und fiel mir um die Füße. Jonas fummelten an meinem BH-Verschluss herum, bis er sich öffnete. Er streifte mir die schmalen Riemchen von den Schultern. Dann griff er um mich herum, umfasste meine Brüste mit seinen großen Händen und drückte sie sanft. Lust durchzuckte mich wie ein Stromschlag.

Seine Gürtelschnalle kratzte mir über den Rücken. Ich beugte mich vor, um mich aus meinen Seidenstrümpfen zu schälen und ihm einen Blick auf mein Hinterteil zu gewähren. Er legte mir eine Hand auf die Hüfte und brachte sich hinter mir in Stellung.

„Das haben wir bisher noch nie gemacht", brachte er mit angespannter Stimme hervor, während er seine harte Erektion gegen mich presste. „Aber nicht jetzt. Nicht dieses Mal."

Ich richtete mich auf und stand nur noch im Slip vor ihm. Ich drehte mich um und griff nach seinem Gürtel. „Du willst mir also immer noch vorschreiben, wie das zwischen uns zu laufen hat?"

Er runzelte die Stirn. „Wie meinst du das?"

Ich zog den Lederriemen zurück und löste die Schnalle. Langsam knöpfte ich seine Jeans auf.

„Es gibt auch Dinge, die *ich* will", sagte ich leise.

Er versteifte sich. Dann sah er mir in die Augen und sein Blick war dunkel und intensiv. „Nichts Grobes."

Ich schüttelte den Kopf. „Nein, nichts dergleichen." Ich runzelte die Stirn leicht. „Das werde ich nicht von dir verlangen, Jonas."

Er nickte und ließ seine angespannten Schultern ein wenig sinken. Sein Blick fiel wieder auf meine Hände, als ich sie weiter nach unten schob. Er streichelte mir mit den Fingern über den Nacken und legte seine Stirn an meine.

„Dann, was immer du willst", flüsterte er.

Ich lächelte leicht. Jetzt, wo ich die Fronten geklärt hatte, wusste ich gar nicht so genau, was ich tun sollte. Aber seit Paris hatte ich oft darüber nachgedacht, wie sehr er jeden Aspekt unserer kleinen Romanze gelenkt hatte, sowohl im Schlafzimmer als auch außerhalb. Selbst als ich in der letzten Nacht versucht hatte, die Zügel in die Hand zu nehmen, war es ihm gelungen, die Kontrolle zurückzuerobern. Nicht, dass ich es ihm verübelte, zumindest jetzt nicht mehr. Nicht, nachdem ich von seiner verkorksten Beziehung gelesen hatte, in der diese Art von Spielchen aus dem Ruder gelaufen war.

Jonas war ausgesprochen gut darin, mich zu durchschauen, von Anfang an schon. Als das Misstrauen aus seinem Gesicht verschwand, verstand ich endlich, wo er sich diese Fähigkeit angeeignet hatte. In seinem Buch war genauestens beschrieben, welche manipulativen Spielchen er und seine Ex-Freundin miteinander getrieben hatten, obwohl das Wort *Spielchen* wohl kaum den extremen Ausmaßen gerecht wurde, die das Ganze manchmal angenommen hatte. Jonas hatte über die Abwärtsspirale seiner Ex-Freundin in die Drogensucht geschrieben und darüber, wie er immer besser darin geworden war, ihre sprunghaften Stimmungsschwankungen zu lesen und Wege zu finden, sie zu überlisten, um die Kontrolle über die Situation zu behalten. Über sie.

Ich runzelte die Stirn. Genauso, wie er mich in unserer letzten Nacht in Paris überlistet hatte, auch wenn ich mich über das Ergebnis nicht beschweren konnte. Aber nach all diesen finsteren Jahren hatte er sein Leben so gestaltet, dass er alles vermied, was seine dunkle Seite wecken konnte. Würde er je seine Deckung fallen lassen?

Bislang hatte er bei jeder unserer Begegnungen die Kontrolle übernommen, und das hatte mich angetörnt. Aber wenn ich auf die magischen Tage zurückblickte, die wir zusammen verbracht hatten, fiel mir auf, dass er sich kein einziges Mal von mir hatte befriedigen lassen, nicht einmal, als ich vor ihm auf die Knie gegangen war und ihn darum gebeten hatte. Würde er jetzt, da ich ein bisschen mehr von seiner Verwundbarkeit wusste, wenigstens einen Teil dieser Kontrolle abgeben? Vertraute er mir genug, um loszulassen, wenn auch nur für eine kleine Weile?

Ich schob meine Hand in seine und führte ihn zu meinem Bett. Er setzte sich mit offenem Hosenschlitz hin und seine Erektion drängte sich gegen seine Boxershorts. Ich hielt mich an seinen Schultern fest, setzte mich rittlings auf seinen Schoß und rutschte ganz nah an ihn heran, bis ich seine Härte zwischen den Beinen spürte. Er massierte meine Hüften mit seinen starken Händen und unsere Atemzüge wurden immer schneller.

So hatten wir in unserer ersten Nacht in

Stockholm auch dagesessen, hatten uns tief in die Augen gesehen, uns geküsst, uns zum ersten Mal berührt. Als alles noch neu war, als ich noch keine Ahnung hatte, wie eine Nacht mit Jonas sein würde. So vieles hatte sich verändert.

Ich zeichnete den Verlauf einer Narbe nach, die sich über seinen Oberkörper zog. Seine Tätowierungen hatte ich mir schon im Bett und später im Bad in Paris genauer angesehen, verschlungene Geschichten, die er sich ausgesucht hatte. Aber was war mit den Spuren, die er sich nicht ausgesucht hatte? Hinter einigen der Tattoos verbargen sich Narben.

Aber ein Blick in sein Gesicht verriet mir, dass ein Gespräch über seine Vergangenheit das Letzte war, was ihm gerade durch den Kopf ging. Seine Lippen waren leicht geöffnet und der dunkle, hungrige Ausdruck in seinen Augen hatte etwas Verzweifeltes. Jonas hielt sich zurück, er wartete.

Also küsste ich ihn. Ich legte meinen Mund fest auf seine warmen, weichen Lippen, und sein ganzer Körper reagierte. Er schlang die Arme enger um mich, seine pralle Erektion zwischen uns pulsierte, und er stieß einen tiefen, kehligen Seufzer aus. Ich schmeckte seine Unterlippe und erkundete den Kontrast zwischen weicher Haut und rauen Bartstoppeln. Jonas spannte die Arme an, aber er ließ mir Zeit, ihn wieder neu kennenzulernen, mich wieder an ihn zu erinnern. Ich öffnete meinen Mund und er hieß mich willkommen, ließ mich tiefer vorstoßen und weckte meine Erinnerungen an alles, was ich in den letzten Monaten zu vergessen versucht hatte. Alles, was er mich begehren ließ. Haut an Haut. „Du bist so schön", stöhnte er. „Ich kann nicht glauben, dass das hier wirklich passiert."

Ich bewegte mich langsam, drückte meine Brüste gegen die rauen Haare auf seiner Brust. Er stahl sich einen weiteren Kuss, hungriger diesmal, und ich grub ihm die Finger in die Schultern, als mich eine Welle der Lust überrollte.

Gott, er fühlte sich so gut an, wie er mich mit all diesen Muskeln und seiner Wärme umschloss. Es war so lange her und ich konnte ihm gar nicht nahe genug kommen. Ich strich mit den Fingern durch sein dichtes Haar und legte den Kopf schief, um ihn noch inniger küssen zu können. Seine Zunge liebkoste meine und ich konnte die Gedanken, die ich all die Monate verdrängt hatte, nicht länger zurückhalten. Dass ich mich in diesen Mann verlieben könnte, wenn ich mich nicht in Acht nahm. Dass ich gefühlsmäßig so tief verstrickt war, dass ich im Begriff war, zu ertrinken.

Aber wenn ich schon ertrank, würde ich ihn mit mir hinabziehen. Ich unterbrach den Kuss und rückte nach hinten, bis meine Füße den Boden berührten. Jonas stand auf, richtete sich zu seiner vollen Größe von fast eins neunzig auf und stand halbnackt und abwartend vor mir. Ohne den Augenkontakt zu unterbrechen, ging ich vor ihm auf die Knie. Er kniff die Augen zusammen und ballte die Hände zu Fäusten.

„Scheiße", murmelte er. „Du weißt gar nicht, wie oft ich mir dich so vorgestellt und mir dabei einen runtergeholt habe.

Ein Hitzestoß durchfuhr mich, stark und unverkennbar. Hätte ich nicht vorhin die Fronten geklärt, hätte er ganz sicher inzwischen längst die Kontrolle übernommen. Und genau das gefiel mir an ihm.

Sein Hosenstall stand offen und seine Erektion drängte gegen den Stoff seiner Boxershorts. Langsam streifte ich ihm die Jeans die muskulösen Beine hinab. Er setzte sich aufs Bett und zog sie zusammen mit seinen Socken aus. Dann stützte er die Unterarme auf die Oberschenkel und sah zu mir hoch.

„Das grenzt an Folter, Alice", brachte er mit heiserer Stimme hervor. „Mir geht gleich einer ab, wenn ich dir bloß zusehe. Also, was machen wir?"

Ich schob meine Finger unter den Gummibund des letzten Kleidungsstücks, das er noch anhatte. „Ich will dieses Mal oben sein. Ich will zusehen, wie du es genießt."

Er machte große Augen. „Das ist das, was du willst?"

„Hast du das schon jemals getan?" fragte ich. „Hast du dich je einfach nur zurückgelehnt und es genossen?"

Er runzelte die Stirn und zog die Mundwinkel nach unten. „So läuft das bei mir normalerweise nicht."

Ich bedeutete ihm, wieder aufzustehen, und

streifte ihm langsam die Boxershorts von den Hüften. Behutsam befreite ich sein langes, hartes Glied. Wow. Er war so groß. Das wusste ich zwar schon, aber mir lief trotzdem ein heißer Wonneschauer über den Rücken.

„Hast du ein Kondom dabei?" fragte ich.

Er hob seine Jeans auf und griff in die Gesäßtasche. „Ich habe mir ein paar geschnappt, als ich die Ohrringe aus dem Hotelzimmer geholt habe. Nur für den Fall, dass es gut laufen würde."

Ich lächelte. „Und jetzt läuft es gut?"

Er strich mir die Haare glatt. „Gut beschreibt es nicht einmal annähernd."

Ich schob seine Boxershorts weiter nach unten, mein Mund dicht vor seiner harten Länge.

„Wie würdest du es denn beschreiben?" flüsterte ich.

Seine Hände wurden langsamer und jetzt strich er mir nicht mehr nur über die Haare, es war vielmehr eine Liebkosung. Seine Miene wurde ernst. „Lebensverändernd."

5

ICH HIELT INNE und blinzelte zu ihm hoch. Offenbar wartete er nicht mehr erst meinen nächsten Zug ab. Bevor ich überhaupt dazu kam, die Szene mit ihm unter mir in die Tat umzusetzen, legte er seine Karten offen auf den Tisch. Ich zog ihm die Boxershorts die Beine hinab. Er trat hinaus und wartete, wobei er mich unablässig von oben herab beobachtete. Selbst dann, wenn er darauf wartete, dass ich die Führung übernahm, umgab ihn noch immer diese Aura völliger Kontrolle. Allein sein Körper strahlte aus, dass er jeden Machtkampf auf die ursprünglichste Art und Weise klären konnte. Doch er tat es nicht. Er wartete ab. Obwohl seine wippende Erektion entschieden ungeduldiger wirkte als der Rest von ihm.

Ich legte die Hände auf seine Oberschenkel.

Dunkle Hitze blitzte in seinen Augen auf. Ich bewegte mich, bis mein Mund nur noch um Haaresbreite von seiner harten Erektion entfernt war. Aber, nein, nicht heute Nacht.

Ich stand auf und Jonas gab einen Laut von sich, der wie eine Mischung aus Lachen und Stöhnen klang.

„Das macht mich fertig", sagte er kopfschüttelnd.

Ich zog die Kissen vom Bett und ließ sie zu Boden fallen. „Legen wir uns hin."

Er hob eine Augenbraue und drehte sich um, um die Decke vom Bett zu ziehen. Er ließ seinen langen Körper auf die Matratze sinken und lehnte sich zurück, die Hände hinter dem Kopf verschränkt. Er vereinnahmte den größten Teil meines schmalen Betts und sah aus wie ein nordischer Gott, vom Kampf erschöpft, aber immer noch zu allem bereit. Ein amüsiertes Lächeln umspielte seine Mundwinkel.

„Ich soll mich also einfach zurücklehnen und genießen?"

Ich nickte. „Das ist der Sinn der Sache."

Ich kletterte aufs Bett und setzte mich rittlings auf seine Beine. Sein Lächeln verblasste und seine Augen loderten heißer. Sein Blick fiel auf meine Lippen und wanderte dann weiter nach unten, über meine Schultern bis hinab zu meinen Brüsten.

„Du siehst unglaublich aus", sagte er. „Habe ich dir das heute Abend schon gesagt?"

Ich schüttelte langsam den Kopf.

„Ist aber so." Er lächelte. „Wie aus einem Traum. Einem total versauten."

Ich ließ meine Hände langsam seinen Körper hinaufgleiten, über die Narbe an seiner linken Seite. Sie war gesäumt von den Spuren der Nahteinstiche und wirkt unnatürlich glatt. Danach würde ich ihn später fragen. Falls es ein Später gab.

Ich rückte ein Stück weiter nach oben und sah hinüber zu den Kondomen, die er auf den Tisch gelegt hatte. Ausnahmsweise einmal gab ich das Tempo vor, und es war schwerer, als ich gedacht hatte.

Die Wahrheit sah nämlich so aus, dass ich genauso unerfahren darin war, die Führung zu übernehmen, wie er darin, sich führen zu lassen.

„Stimmt was nicht?" schreckte Jonas' Stimme mich aus meinen Gedanken.

Ich schüttelte den Kopf. „Ich versuche nur, das alles auf die Reihe zu bekommen."

Er legte mir die Hände auf die Oberschenkel und streichelte mir mit den Fingern sanft über die Haut. „Manchmal sucht man vergebens nach dem Sinn."

„Mag sein." Ich lächelte leicht. „Aber weißt du, was ich mich frage? Was wünscht sich ein Mann, der seine eigene Vergangenheit fürchtet, im Bett am meisten?"

Kurz flackerte etwas Finsteres in seinen blauen Augen auf, bevor er sie schloss. Ich streckte mich über seinen Körper, stützte die Ellbogen seitlich neben ihn aufs Bett und küsste den heftig pochenden Puls an seiner Kehle. Niemand auf der ganzen Welt schmeckte so gut. Ihm stockte der Atem, als ich meine Lippen seinen Hals hinaufwandern ließ.

Er streifte mir mit den Händen in sanften Berührungen am Körper entlang auf und ab. „Ich wünsche mir eine Frau, die genug Gutes in mir sieht, dass sie mich mit in ihre Wohnung nimmt und nackt neben mir liegt und mir hilft, mich daran zu erinnern, wieso dieses Leben lebenswert ist." Seine Stimme war ganz rau vor Emotionen. „Ich wünsche mir jemanden, der mir vertraut, selbst wenn ich mir selbst nicht traue."

Mir stockte der Atem bei diesen Worten und Tränen traten mir in die Augenwinkel. Er wollte mich. Nicht nur den explosiven Sex. Alles.

Die Traurigkeit und Isolation all dieser Jahre musste niederschmetternd gewesen sein. Er hatte schon früher diesbezügliche Andeutungen gemacht, doch erst jetzt begriff ich wirklich, wie unglaublich einsam er war. Und wie sehr ich ihm helfen wollte, diese Last abzuschütteln.

Wieso hatte ich das Wesentliche nie erfasst? Es ging hier gar nicht darum, was Jonas sich im Bett wünschte, weder jetzt noch früher. Er gab mir im Bett das, was ich wollte, weil er das zu finden hoffte, wonach er sich sehnte. Eine Chance auf mehr. Eine Chance, wahrhafte Erlösung zu finden.

Ich nahm sein Gesicht in beide Hände, aber ich hatte keine Ahnung, was ich sagen sollte. Ich sah ihm einfach tief in seine unglaublich blauen Augen. Sie waren wie ein stürmischer, bodenloser Ozean, und ich konnte mich nicht davon losreißen. Ich wollte es auch gar nicht mehr. Nichts anderes auf der Welt war mehr von Bedeutung. Nur Jonas und ich.

Seine Erektion drückte energisch gegen meinen Bauch und der Bann war gebrochen. Jonas runzelte leicht die Stirn, doch die Falten glätteten sich, als ich ihm über die Wange streichelte.

„Bist du bereit?" flüsterte ich.

Er schmunzelte. „Seit unserer Abreise aus Paris hatte ich deinetwegen an jedem verdammten Tag einen Ständer."

Ein heftiger Wonneschauer durchlief mich. „Und was hast du dir dann vorgestellt?"

Er schloss die Augen und schüttelte den Kopf. „Das hier ist besser."

Ich nahm ein Kondom und setzte mich auf die Fersen, um die Packung aufzureißen. Jonas beobachtete mich aufmerksam, während ich es mir ansah.

„Weißt du", sagte ich, „vor dir hatte ich einem Mann noch nie so ein Ding übergestreift. Aber im Sexualkundeunterricht habe ich es mal an einer Banane geübt."

Jonas lachte. „Bisher hast du es aber hervorragend hinbekommen. Oder soll ich dir helfen?"

Ich schüttelte den Kopf und machte mich an die Arbeit. Jonas' Lächeln verflog, als ich seine pralle Eichel berührte. Er war auf gesamter Länge steinhart und stöhnte auf, als ich mich mit den Fingern nach unten vorarbeitete. Was ich hier gerade tat, war etwas so Privates. Vor Jonas hatte ich diesen Teil immer dem Mann überlassen und dadurch war mir völlig entgangen, wie intim dieser Akt sein konnte. Es gab sehr viele Dinge, die mir entgangen waren.

Ich rollte das letzte Stück des Kondoms ab, dann rückte ich ein Stück vor und rieb meine Mitte an seiner Erektion. Ich war ebenso bereit wie er. Schon seit er mich vor etlichen Stunden auf dem verregneten Bürgersteig geküsst hatte.

Jonas lächelte mich angespannt an.

Ich brachte mich über ihm in Position und ließ mich Zentimeter um Zentimeter auf ihn herabsinken. Ich fühlte mich so unerträglich ausgefüllt von ihm, so verloren in der Lust, die dieser Mann mir bereitete. Mir stockte der Atem und beinahe stiegen mir Tränen der Erleichterung in die Augen. Er packte meine Hüften und warf den Kopf in den Nacken. Sein Kiefer war angespannt, seine enormen Brustmuskeln zogen sich zusammen und versetzten die Tintenlinien, die seinen Körper bedeckten, in Bewegung.

Ich stemmte mich hoch und ließ mich erneut hinabsinken. Er krallte mir die Finger in die Hüften und stieß hart zu. Ich schrie auf, und er tat es noch mal. Wenn er so weitermachte, würde es nicht lange dauern. Wieder stand ich kurz davor, mich in seinem harten, hungrigen Rhythmus zu verlieren.

Selbst obwohl er unter mir lag, übernahm er wieder die Kontrolle. Doch ganz gleich, wie gut es sich anfühlte, ich würde es nicht zulassen. Nicht dieses Mal.

Ich schloss die Finger um seine muskulösen Unterarme und zog daran.

„Ich sage, wo es langgeht, schon vergessen?" Dabei klang ich kein bisschen so, als hätte ich das Sagen. Meine Worte waren eher ein atemloses Flehen.

Er schüttelte den Kopf. „Diesmal nicht. Sonst kann ich nicht auf dich warten."

Ich zog wieder an seinen Händen. „Ich will auch gar nicht, dass du das tust."

Er hielt inne und seine Miene war nicht zu deuten. Ich zog noch einmal an seinen Armen und er ließ mich los. Ich verschränkte meine Finger mit seinen. Dann begann ich mich wieder zu bewegen, fand einen Rhythmus und verlor mich in dem Gefühl dieses herrlichen Drucks. Ein gequälter Ausdruck huschte über sein Gesicht. Ich ließ seine Hände los und stützte mich auf seiner Brust ab. Seine Hände wanderten über meinen Körper und streichelten mich mal sanft, mal packten sie fest zu. Er umfasste meine Brüste und massierte meine Brustwarzen mit den Daumen. Seine Lippen teilten sich.

„Verdammt", stieß er hervor. „Mach langsamer, sonst komme ich zu früh."

Ich lächelte und schüttelte den Kopf. „Nur zu."

Ich schnappte nach Luft, als er in mir noch weiter anschwoll. Das Sprechen fiel mir zunehmend schwerer. Tiefe Falten zogen sich über Jonas' Stirn und er zuckte zusammen, gefangen zwischen Qual und Ekstase. Aber er wollte sich einfach nicht gehenlassen.

Ich verlangsamte meine Bewegungen, und er kniff die Augen zusammen und verzog das Gesicht, während seine Erektion in mir pochte und um mehr bettelte. Vielleicht war es doch keine so gute Idee gewesen. Ich hatte nicht vorgehabt, ihn zu quälen, ich hatte nur einmal erfahren wollen, wie es sich anfühlte. Mein Leben war schon viel zu oft von Männern bestimmt worden, die auf ihren eigenen Vorteil bedacht waren. Ließ dieser Weg zur Intimität mit Jonas Raum für meinen eigenen Willen?

Ich zog jede Bewegung meiner Hüften in die Länge. Seine Atemzüge kamen jetzt schnell und abgehackt und ein dünner Schweißfilm lag auf seiner Stirn. Er biss die Zähne zusammen, kämpfte dagegen an, weil er auf mich warten wollte.

„Ich will es, Jonas", hauchte ich. „Ich will sehen, wie du loslässt."

Er sah mich mit vernebeltem Blick erstaunt an, so als ob er endlich verstanden hätte, worum ich ihn bat.

Ich begann mich wieder zu bewegen, zunächst langsam, aber der angespannte Ausdruck in seinem Gesicht verriet mir, dass ich schneller machen musste. Jonas wandte den Blick nicht ab. Er sah mich direkt an und ließ mich jede Welle der Lust, jedes Zucken seines Körpers sehen. Sein Gesicht zeigte deutlich, wie verwundbar er in diesem Augenblick war. Ich wurde wieder langsamer, doch er riss die Kontrolle nicht an sich. Mir wurde ganz warm in der Magengegend. Endlich gab er sich mir hin. Mein Herz machte einen Satz, als eine neue Welle der Lust durch mich hindurchrollte.

Ich packte seine Schultern und zog mich mit Kraft nach unten, nahm ihn ganz in mich auf, wieder und wieder. Jonas brüllte auf, sein Körper verkrampfte sich und schnellte wie ein Schnappmesser zusammen, als er heftig in mir kam. Er bohrte mir die Finger in die Taille und zog mich gegen sich, während seine Hüften wie auf Hochtouren pumpten.

Dann wurden seine Bewegungen langsamer und er zog mich mit sich aufs Bett hinunter, die Arme immer noch um mich geschlungen. Seine rauen Atemzüge klangen mir im Ohr. Ich legte eine Handfläche an seinen Hals und spürte, wie sein Puls unter meinen Fingern raste. Ich schloss die Augen und machte es mir auf seiner Brust gemütlich, die sich schnell und heftig hob und senkte.

Jonas küsste mich auf den Kopf und manövrierte sich unter mir heraus. Er rutschte vom Bett und ging mit dem Kondom in der Hand ins Bad.

Ich rollte mich auf den Rücken und sah zur

Decke hinauf. Er hatte sich mir hingegeben. Er hatte mir das gegeben, worum ich ihn gebeten hatte. Was kam als Nächstes? Ich hatte auf diesem Gebiet keine Erfahrung.

Ich drehte den Kopf und sah Jonas am Türrahmen lehnen und mich beobachten. Seine Augenlider waren schwer vor Verlangen und er war schon wieder halb steif. Ertappt dabei, dass er mich angestarrt hatte, musste er lächeln.

„In all den Monaten habe ich keine Minute lang vergessen, wie gut es sich anfühlt, mit dir zusammen zu sein", erklärte er mit leiser Stimme. „Es macht mich wahnsinnig, dass du noch nicht gekommen bist."

Er kam durchs Zimmer und kletterte wieder zu mir aufs Bett. Die Matratze sank ein, als er sich neben mich legte und mich in die Arme schloss. Seine wachsende Erektion zwischen uns war nicht zu ignorieren.

„Hast du bekommen, was du wolltest, Alice?", fragte er und streichelte mir langsam übers Haar. „Oder suchst du immer noch nach irgendetwas?"

Ich atmete seinen moschusartigen, vertrauten Geruch tief ein. Wärme strömte mir von der Magengrube aus durch den ganzen Körper, als ich noch einen Atemzug nahm. Und noch einen. Ich wusste nicht mehr, wonach ich eigentlich suchte.

Er hob sich über mich und küsste meine Lippen, meinen Hals, mein Schlüsselbein. Er bewegte sich langsam meinen Körper hinab und zog mit den Lippen eine Spur über meine Brüste und meinen Bauch. Er übernahm wieder die Kontrolle und es fühlte sich so wahnsinnig gut an.

Aber heute Nacht ging es um etwas anderes.

„Warte", bat ich ihn atemlos.

„Bitte", erwiderte er. „Lass mich. Es wird dir gefallen."

Daran hatte ich keine Zweifel. Dennoch hielt ich ihn an den Armen fest und sah ihm tief in seine leuchtend blauen Augen.

Auf seiner Stirn erschienen Falten. „Wenn ich dir das nicht geben darf, was bleibt mir dann noch?"

„Was glaubst du denn, was ich noch will?" fragte ich leise.

Ich zeichnete die Linien auf seinem Gesicht nach. Bei meiner Berührung schloss er die Augen.

„Jemanden, der niemals so schrecklichen Dinge tun würde, wie ich sie getan habe", flüsterte er.

Ich seufzte. In gewisser Weise hatte er recht. Ich hatte nie denselben Weg einschlagen wollen wie meine Mutter. Jonas verkörperte all das, was ich nicht wollte. Aber vielleicht hatte ich mich auch in mir selbst getäuscht.

Ich streichelte ihm über die Wange, bis er die Augen wieder aufschlug. „Ich will dich, Jonas."

Die Falten auf seiner Stirn glätteten sich, und in seinen Augen leuchtete mehr auf als nur Begierde. Ich biss mir auf die Lippe. Ich steckte schon viel zu tief drin.

„Ich kann dir so schöne Gefühle bereiten." Er küsste mich weiter unten auf den Bauch. „Lass mich das tun, Alice."

Ich hatte heute Nacht die Richtung vorgeben wollen. Aber jetzt sah er mich mit einem Blick an, als gäbe es nichts auf der Welt, das er mehr wollte als mir Wonne zu bereiten. Ich holte tief Luft und nickte.

„Okay." Sein Atem kitzelte meine Haut, während er seine Lippen weiter abwärts wandern ließ und mich neckte. Er küsste mich überall. Auf die Hüftknochen. Auf die Oberschenkel. Er pustete langsam über meine empfindlichen Stellen, und ich wand mich.

„Weißt du, was mir gefehlt hat?", fragte er.

Ich lachte. „Sex?"

Jonas schüttelte den Kopf und schmunzelte. „Ich wollte eigentlich auf etwas weniger Ordinäres hinaus." Er streichelte meinen Oberschenkel und sein Lächeln verblasste. „Dieses Gefühl wie jetzt gerade hat mir gefehlt. Dass ich gleich etwas tun werde, das dir Freude bereitet. Dass ich das für dich tun kann. Und dass du mich, wenn ich es tue, so ansiehst, als wäre ich genau das, was du willst."

Ich schluckte den Kloß in meinem Hals hinunter und legte meine Hand auf seine. Doch bevor ich die Worte für eine Antwort finden konnte, senkte er den Kopf und legte seinen warmen Mund auf meine empfindlichsten Stellen. Ich stöhnte auf. Es war so lange her. Ich schnappte nach Luft und wand mich, doch er legte seine großen Hände um meine Oberschenkel und hielt mich fest. Er ließ seine Zunge kreisen, neckte mich und vergrub seinen Kopf zwischen meinen Beinen. Es war himmlisch. Mit Mund und Fingern erregte er mich und rief in mir unzählige Gründe wach, wieso er genau das war, was ich wollte.

„Du machst mich so hart", flüsterte er dicht an meiner Haut und jagte mir einen Wonneschauer durch den Körper. „Wie du immer wieder leise stöhnst und erbebst."

Ich war zu erregt, um reagieren zu können, zu erregt, um einen klaren Gedanken fassen zu können. Alles, was ich wollte, war noch mehr. Er ließ seine Zunge kreisen und saugte, bis ich seinen Namen schrie.

„Oh, Jonas."

Wonneschauer rasten mir durch den Körper und ich zitterte und bebte, während er mich festhielt.

„Ja", stöhnte er. „Ja."

Er richtete sich auf und war bereits wieder voll erigiert. Er legte sich neben mich und schlang die Arme um mich. Ich konnte spüren, wie sein steifer Penis pulsierte. Ich hätte nichts gegen erneuten Sex einzuwenden gehabt, aber Jonas machte keine Anstalten, den ersten Schritt zu tun. Er hielt mich einfach an sich gedrückt und streichelte mir mit einer Hand gleichmäßig über den Rücken.

Als sich mein Atem langsam wieder normalisierte, rückte ich ein Stück von ihm ab und zeichnete mit den Fingern seinen markanten Kiefer nach. Jonas hatte sich heute Morgen für das Meeting rasiert, und die Narbe hob sich von der Röte seiner Wangen ab. Sie verlief wie eine Zickzacklinie bis unter seinen Kiefer und endete kurz vor seiner pulsierenden Halsschlagader. In den letzten Monaten hatte ich mir sein Gesicht so oft vorgestellt, aber nie darüber nachgedacht, wie haarscharf das Messer daran vorbeigeschrammt sein musste, noch weit größeren Schaden anzurichten.

„Führst du noch immer ein so einsames Leben?" fragte ich.

Er hob die Augenbrauen. „In Stockholm?"

Ich nickte.

Er küsste meinen Hals und holte tief Luft, als würde er *mich* einatmen. „Noch einsamer als vorher." Er hob wieder den Kopf und fügte hinzu: „Oder vielleicht nehme ich es jetzt bloß viel stärker wahr."

Ich fuhr mit den Fingerspitzen über das Tattoo des Vogels mit dem gebrochenen Flügel auf seiner Brust. „Bist du das, wie du ins Nichts hineinfliegst?"

Er hielt inne. „Ich glaube schon", erwiderte er schließlich.

Ich legte die Hand auf den Vogel, deckte ihn zu, beschützte ihn. Eine Weile lang lagen wir schweigend da.

Dann drehte Jonas sich zu mir um und drückte meine Hand an seine Brust. „Ich möchte, dass du mich besuchen kommst und eine Weile bei mir bleibst."

„In Schweden?"

Er nickte.

Ich runzelte die Stirn. „So viel Geld habe ich nicht."

„Ich bezahle dein Ticket."

Ich verengte die Augen und schüttelte den Kopf. „Du kannst nicht einfach mein Flugticket bezahlen."

„Warum nicht?"

„Weil du mir schon Ohrringe gekauft hast. Du kannst mir nicht ständig teure Sachen kaufen."

Er zog eine Augenbraue hoch. „Ich kann dir verdammt noch mal kaufen, was immer ich will."

Ich seufzte. „Und ich habe keine Urlaubstage mehr."

„Gar keine?"

Ich wandte den Blick ab. „Boars & Allen zahlt mir meine ungenutzten Urlaubstage am Jahresende aus. Und ich brauche das Geld."

Seine Augen wurden schmal. „Habt ihr keine Betriebsferien?"

„Das Büro schließt zwischen Weihnachten und Neujahr."

„Oh", sagte er und verzog das Gesicht. Er rieb sich die Stirn, ließ mich los und drehte sich auf den Rücken. „Versteh mich bitte nicht falsch. Ich möchte wirklich, dass du kommst. Aber um Weihnachten herum bin ich keine besonders gute Gesellschaft."

„Wieso?"

„Ich mag Weihnachten einfach nicht."

„Wie Ebenezer Scrooge und der Grinch?" Ich runzelte die Stirn. „Du weißt, wer das ist, oder?"

„Ja, die kenne ich." Jonas schnaubte leise. „Ich bin wie der Grinch."

„Was machst du denn dann an Weihnachten?"

Er schüttelte den Kopf. „Das willst du nicht wissen."

Ich kniff die Augen zu und versuchte, die Frustration niederzuringen, die in mir aufstieg. Was? Wollte er mir jetzt ausreden, ihn an Weihnachten zu besuchen, ohne mir dafür irgendeine Erklärung zu liefern? Warum hielt er diesmal mit dem Grund hinter dem Berg?

Ich rückte von ihm ab und rollte mich vom Bett. Ich konnte einfach nicht klar denken, wenn ich ihm so nahe war. Ich ging in die Küche und holte mir ein Glas Wasser.

Es lief immer wieder auf das Gleiche hinaus. Er redete, als wolle er an einer gemeinsamen Zukunft arbeiten, aber gleichzeitig hielt er so vieles vor mir geheim. War er nun das, was ich wollte, oder das, was ich am meisten fürchtete? Oder womöglich beides?

Diesmal würde ich es nicht auf sich beruhen lassen. Ich stellte mein Glas ab und ging wieder zum Bett zurück. Und zu Jonas. Ich war völlig nackt, wie ich so auf ihn zuging, und sein Blick schweifte über meinem Körper, lebendig und voller

Spannung.

Ich setzte mich an den Rand der Matratze. Mein Bett war so schmal, dass ich ihn unweigerlich berührte.

„Das ganze Gerede im Park darüber, wie sehr du auf mich stehst, und darüber, zu weit zu gehen", fing ich an. „Wie kannst du einerseits so etwas sagen und mich dann anderseits zu Weihnachten nicht sehen wollen?"

Jonas zuckte zusammen. Der Ausdruck auf seinem Gesicht wirkte so schmerzerfüllt, dass ich beinahe eingelenkt und ihm gesagt hätte, er solle meine Frage einfach vergessen. Beinahe.

Er murmelte etwas vor sich hin und schüttelte den Kopf. Dann legte er mir die Hand aufs Bein. „Besuch mich doch stattdessen über Silvester."

Nach all der Intimität, die wir in diesem winzigen Bett miteinander geteilt hatten, lotste er mich nun von den Bereichen weg, in denen er mich nicht haben wollte. Und das beherrschte er gut.

„Ich weiß nicht, ob das geht", entgegnete ich.

Ich spürte, wie sich seine Hand auf meinem Oberschenkel kurz verkrampfte und dann wieder lockerließ. Er setzte sich hinter mir auf und küsste meine Schulter. „Leg dich zu mir, Alice."

Ich war mir nicht ganz sicher, ob ich mich neben ihn legen wollte. Denn ich fürchtete, dass er mich dann zu allem Möglichen überreden könnte.

Er zog mich sanft zu sich herunter, sodass mein Kopf auf seiner Schulter ruhte und meine

Wange an seiner warmen Haut lag und sein Duft mich umgab. Seine Brust hob und senkte sich und mit ihr bewegten sich seine Tattoos, als wären sie lebendig.

„Komm mich besuchen, dann erzähle ich dir alles", flüsterte er. „Über meinen Vater. Meine Mutter. All die Dinge, die ich aus dem Buch herausgehalten habe."

Ich erwiderte nichts.

„Uns bleibt hier so wenig Zeit." Er schloss mich noch fester in die Arme. „Du brauchst nicht sofort zu antworten. Ich werde dir Briefe schreiben."

Ich runzelte die Stirn. „Du meinst mit Papier und Stift?"

„Ja. Genau solche." Sein Atem strich sachte über mich hinweg, als er leise lachte.

„Ich glaube kaum, dass ich eine gute Brieffreundin abgebe", sagte ich. „Ich habe noch nie irgendjemandem einen Brief geschrieben."

„Musst du auch nicht", erwiderte er. „Lies einfach meine, und wenn du dann immer noch mit mir zusammen sein willst, dann komm mich besuchen. Auf meine Kosten. Wir beide zu Silvester. Ein richtiger Anfang."

Ich antwortete nicht. Hatte mein Gehirn auch diese Entscheidung bereits getroffen? Als er sich auf die Seite drehte und seinen Körper der Länge nach an mich schmiegte, konnte ich nicht länger widerstehen. Mein Herz flatterte hoffnungsvoll, dabei dachte ich, ich hätte solcherlei Hoffnungen schon vor Jahren abgeschworen. Offenbar war es mir doch nicht gelungen.

Jonas strich mir die Haare aus dem Gesicht. Seine Augen funkelten, dunkel und bodenlos, voller Versprechen, die ich ihm glauben wollte.

Er küsste mich einmal, zweimal, und ließ seine vollen Lippen auf meinen verweilen. „Wenn es so gut zwischen uns läuft wie das hier, werden wir einen Weg finden."

ERLÖSUNG

1

DAS TAXI SCHLITTERTE um die Ecke und bog in eine matschige Seitenstraße in Södermalm ein. Vor einem unscheinbaren Eingang an einem langen Backsteingebäude hielt der Fahrer an. Ich öffnete die Tür und trat hinaus in die Kälte. Die Sonne war während der Fahrt vom Flughafen untergegangen, obwohl es erst früher Nachmittag war. Die Straßenlaternen leuchteten und der Bürgersteig war dünn mit einer frischen Schneeschicht bedeckt.

Der Taxifahrer stellte meinen kleinen Koffer an den Bordsteinrand und fuhr los, und ich blieb auf mich allein gestellt vor Jonas' Haus zurück. Ich blickte erst in die eine, dann in die andere Richtung die leere Straße hinab. Wie groß waren wohl die Chancen, an Heiligabend in Stockholm ein anderes Taxi zu bekommen, falls er nicht zu Hause sein sollte? Oder falls er mir die Tür vor der Nase zuschlug? Vielleicht hätte ich doch lieber alles so machen sollen, wie er es gewollt hatte, und sein Angebot mit dem Flugticket annehmen sollen. Aber dann wäre mein Besuch zu seinen Bedingungen verlaufen. Wieder.

Jonas hatte deutlich gemacht, dass ich nicht an Weihnachten kommen sollte, und mir den Grund dafür bisher noch immer nicht verraten. Also war ich trotzdem hergeflogen. An Heiligabend. Falls es ihm mit seiner Anti-Weihnachtsstimmung wirklich ernst war, würde ich mir wohl ein Hotelzimmer suchen müssen. Was an einem solchen Abend bestimmt nicht ganz einfach werden würde.

Und wenn ich jetzt alles, was zwischen uns war, damit ruinierte, dass ich ihn an seine Grenzen trieb? Jedenfalls war es besser, es jetzt herauszufinden, bevor wir uns noch tiefer verstrickten. Wäre meine Mutter damals vor all den Jahren für ihre eigenen Wünsche und Bedürfnisse eingetreten, hätte sich ihr Leben vielleicht nicht zu einem solchen Chaos entwickelt.

Ich ließ den Blick über die Fenster des Gebäudes vor mir schweifen, in denen Sterne, Lämpchen und elektrische Kerzen leuchteten. Welche Wohnung war die von Jonas? In seinen Briefen hatte er von seiner Aussicht auf einen Innenhof erzählt, aber es war weit und breit kein Innenhof zu sehen. Nur eine Backsteinwand mit ordentlich nebeneinandergereihten Fenstern. Vielleicht war es ja gar nicht das richtige Haus. Ich zog mein Handy aus der Tasche, überprüfte noch einmal die Adresse und atmete tief durch. Showtime.

Ein kalter Windstoß erfasste meine nackten Hände, drang durch meine Jeans und sogar bis in meine Stiefel. Am besten brachte ich es einfach hinter mich.

Ich wählte Jonas' Nummer.

„Alice?"

„Ähm, hi", sagte ich.

Stille.

„Alice. Du bist es", sagte er schließlich. „Ist alles in Ordnung?"

Seine Stimme klang merkwürdig, irgendwie unnormal, und sein Akzent war ausgeprägter, als ich ihn in Erinnerung hatte.

Ich holte tief Luft. „Ich habe eine Überraschung für dich."

„Was denn für eine?"

Seine Worte waren undeutlich, ohne erkennbare Pausen dazwischen. Irgendetwas war ganz eindeutig nicht in Ordnung. Wären meine Füße nicht schon fast völlig taub gewesen, hätte ich vielleicht sogar auf dem Absatz kehrtgemacht.

„Ich bin in Stockholm", erklärte ich.

Er murmelte etwas Unverständliches, dann war nichts mehr zu hören. Hatte er etwa aufgelegt? Ich sah auf mein Handydisplay. Nein, die Verbindung stand noch.

„Wo bist du?" Er klang nicht im Geringsten erfreut darüber, von mir zu hören. Eher stinksauer.

Tja, was hatte ich denn erwartet? Aber

besser, ich fand gleich zu Beginn heraus, wo ich stand. Wie oft hatte ich mir das heute schon eingeredet?

„Alice?" Jetzt klang seine Stimme weicher. „Wo bist du?"

„Vor deinem Haus."

Wieder eine lange Pause, dann hörte ich einen schweren Atemzug durchs Telefon. „Okay."

Okay, auf Wiedersehen oder *Okay, bin gleich unten?* Ich hörte keinen Türsummer, der bedeutet hätte, dass Jonas mich hereinließ, aber vielleicht funktionierten die Türen hier in Schweden ja anders. Ich begann zu zittern. Wo hatte ich bloß meine Mütze und Handschuhe verstaut? Wahrscheinlich ganz unten im Koffer. Wenn ich ihn jetzt aufmachte, um danach zu suchen, würde wahrscheinlich mein Sockenvorrat für die ganze Woche in den Schnee purzeln. Diese Situation hatte ich nicht einkalkuliert.

Die Tür des Gebäudes ging auf und da war er. Unrasiert, in einem zerknitterten T-Shirt, aus dem ein Großteil der Tattoos auf seinen muskulösen Oberarmen herausschaute. Seine Stiefel waren nicht geschnürt, und auf einer Seite standen ihm die Haare wirr vom Kopf ab, so als hätte er sich gerade erst aus dem Bett gewühlt. Oder als hätte er nicht in den Spiegel geschaut.

Jonas starrte mich einen Moment lang an, dann rieb er sich die Augen. Er kam ein paar Schritte auf mich zu und blieb wenige Zentimeter vor mir stehen. Er hob die Hand und berührte zaghaft mein Haar, als wolle er sich vergewissern, dass ich wirklich da war. Er strich mir mit den Fingern über die kalte Wange und zuckte zusammen. Ja, ich war wirklich da. Und halb erfroren.

Er stieß einen langen Atemzug aus und mir schlug eine Whiskeyfahne entgegen. Ich versteifte mich. Diesen Geruch würde überall erkennen. Aber Jonas trank doch nicht. Zumindest hatte er das in meiner Gegenwart nie getan. Bevor ich weiter darüber nachdenken konnte, schlang er die Arme um mich und zog mich unbeholfen an sich.

„Was zum Teufel machst du denn heute schon hier?", flüsterte er und rückte ein wenig ab. Sein Kiefer war angespannt und seine Augen blitzten zornig, aber er ließ mich nicht los.

„Ich weiß, du hast gesagt, ich solle nicht an Weihnachten kommen, und ganz eindeutig hast du deine Gründe dafür." Ich warf ihm einen vielsagenden Blick zu. „Was aber, wenn das nun mal genau das gewesen wäre, was ich wollte? Du warst noch nicht einmal bereit, mit mir darüber zu reden. Also bin ich einen Tag vor Weihnachten gekommen, um es persönlich zu klären."

„Um zu sehen, wie ich reagieren würde?" Die Falten auf seiner Stirn wurden tiefer.

Ich runzelte die Stirn. „Wenn du nicht gewollt hast, –"

„Wir feiern Weihnachten am vierundzwanzigsten, nicht am fünfundzwanzigsten", fiel er mir ins Wort.

„Oh", flüsterte ich. Ich hatte zwar vorgehabt, ihn dazu zu zwingen, Farbe zu bekennen, aber nicht ganz auf diese Weise.

Jonas legte die Arme wieder fester um mich und zog mich enger und immer enger an sich. Er schien die eisigen Windböen, die über die Straße fegten, gar nicht zu bemerken, und hereingebeten hatte er mich auch immer noch nicht.

„Tut mir leid", sagte ich dicht an seiner Brust. „So hatte ich das nicht geplant. Ich wäre gern noch ein paar Tage früher gekommen, aber ich musste arbeiten."

Jonas gab einen Laut von sich, der irgendwo zwischen Schmerz und Lachen lag.

„Ich suche mir ein Hotel", sagte ich.

Sein ganzer Körper spannte sich an und er hielt mich ganz fest. „Teufel, nein. Auf keinen Fall gehst du jetzt wieder."

Er beugte sich zu mir hinab, bis seine Lippen mein Ohr berührten. Sein Duft, vermischt mit dem Whiskeygeruch, war betörend und wahnsinnig gut. Verdammt.

„Du hast es so gewollt, Alice, also komm auch mit nach oben." Seine Stimme war tief und verführerisch und ließ keinen Zweifel daran, was passieren würde, wenn ich Ja sagte. „Oder habe ich dir jetzt endlich doch Angst eingejagt?"

Es war eine Herausforderung.

Er schwankte leicht zur Seite. Dass er getrunken hatte, konnte alles Mögliche bedeuten, aber höchstwahrscheinlich nichts Gutes. In seinem

Buch war es seine Ex-Freundin gewesen, die zu tief in den Alkohol- und Drogenmissbrauch hineingerutscht war, nicht er. Warum in aller Welt war er dann um zwei Uhr nachmittags an Heiligabend schon betrunken? Aber es lag Schmerz in seinen tiefblauen Augen, während er unverwandt zu mir hinabsah und auf meine Antwort wartete. Ich war den ganzen Weg von New York hierher geflogen, um eine reale Beziehung anzufangen. Und realer als das hier konnte es wohl kaum werden.

Mein Herz schlug heftig in meiner Brust. War ich gerade im Begriff, die dümmste Entscheidung meines Lebens zu treffen? Nicht zum ersten Mal in Jonas' Gegenwart stellte ich mir diese Frage.

Ich schluckte. „Ich wäre dumm, wenn ich jetzt keine Angst hätte."

Jonas hob nur die Augenbrauen.

Ich griff nach meinem Koffer, der auf dem matschigen Bürgersteig stand, aber er nahm ihn mir aus der Hand und ging zur Tür des Gebäudes. Dahinter lag ein kleiner Flur mit Marmorboden und langen Reihen von Briefkästen. Jonas zeigte auf eine weitere Tür am Ende des Flurs. „Meine Wohnung liegt auf der anderen Seite des Innenhofs."

In seinen Briefen hatte er den Hof oft in dem einen oder anderen Zusammenhang erwähnt. Die Farbe der Blätter an den Bäumen. Der Steinweg, der durch das Gras zu seiner Tür führte. Jetzt konnte ich das Bild zusammensetzen. Die Tür am Ende des Flurs führte hinaus in einen großen, rechteckigen umschlossenen Hof. Als sie hinter mir zufiel, verstummte der Lärm der Stadt. Der Innenhof war größer, als ich ihn mir vorgestellt hatte, und sowohl die Bäume als auch die Bank waren mit einer dünnen, jungfräulichen Schneeschicht bedeckt. Jonas hatte hier und da von seinem Blick in die Fenster der anderen Wohnungen geschrieben, die uns auf allen Seiten umgaben. In einigen davon leuchteten ähnliche Sterne und Kerzen, wie ich sie schon von der Straße aus gesehen hatte.

Die ganze Szene hätte wie verwunschen wirken können, wäre Jonas nicht so verdammt betrunken gewesen.

Er erreichte die Tür zum rückwärtigen Gebäude und hielt sie für mich offen. Immer noch ganz Gentleman, selbst in seiner jetzigen Verfassung. Was aber vielleicht nicht so bleiben würde, sobald wir in seiner Wohnung ankämen.

Er betätigte den Aufzugknopf und wir fuhren schweigend in den vierten Stock hinauf. Unsere Schritte hallten durch den schlichten Flur. Viel schöner als der Flur zu meiner Wohnung in New York, aber abgesehen von unseren Schritten war es so still, als ob hier niemand sonst wohnte. Vor einer der Wohnungen blieb Jonas stehen und hantierte mit seinen Schlüsseln herum. Die schwere Holztür schwang auf und ich trat ein.

Meine Finger waren noch taub und steif von der Kälte, als ich meinen Mantel aufknöpfte. Zitternd zog ich ihn aus.

Jonas nahm ihn mir ab, hängte ihn jedoch

nicht gleich auf. Er strich mir das Haar über die Schulter nach hinten, und ich schloss die Augen. Würde er mich küssen? Seine heißen Atemzüge streiften mir übers Ohr. Ich verharrte und wartete mit laut klopfendem Herzen. Die Situation konnte sich so oder so entwickeln.

Doch auf einmal war er weg. Ich schlug die Augen wieder auf.

„Die Wohnung ist ein bisschen kahl", sagte er mit einem Kopfnicken in Richtung des Wohnzimmers.

Er hatte nicht untertrieben. Das Wohnzimmer war größer als meine ganze New Yorker Wohnung, aber von der kleinen Diele aus, in der ich stand, konnte ich nur einen alten, hölzernen Schreibtisch vor einem der Fenster sehen. Ich ging hinein. Jonas folgte dicht hinter mir und seine Präsenz umgab mich wie eine dunkle Wolke. Der Schreibtisch war leer, bis auf ein Notizbuch. Kein Computer, kein Laptop.

„Du schreibst von Hand?" fragte ich.

Er nickte. „Das liegt mir einfach mehr. Ist eine Angewohnheit aus meiner Zeit im Gefängnis. Mit einem Stift in der Hand kann ich einfach besser denken."

Ach ja, das Gefängnis. Weil er mehr als nur einen Menschen krankenhausreif geschlagen hatte. Mit dieser Seite von ihm hatte ich mich inzwischen arrangiert, oder?

An der Wand neben dem Schreibtisch erstreckte sich ein niedriges Regal voller Bücher. In der Mitte des Raumes stand ein schwarzes Sofa in tadellosem Zustand, davor eine halbleere Flasche Whiskey. Nichts an den Wänden, keine Teppiche auf dem Fußboden. Hätte er dieses Zimmer nicht in seinen Briefen erwähnt, wäre ich davon ausgegangen, dass er es nie benutzte.

Ich setzte mich und klopfte auf die Kissen. „Nicht viele Besucher?"

Er schüttelte den Kopf.

„Das Sofa habe ich mir gerade erst vor ein paar Tagen gekauft. Für deinen Besuch an Silvester", fügte er trocken hinzu.

Ich ignorierte den kleinen Seitenhieb. Jonas stand mit verschränkten Armen im Türrahmen und beobachtete mich. Seine Augen funkelten.

Ich hob die Flasche neben meinen Füßen auf. „Ich wusste nicht, dass du auf Maker's Mark stehst."

Er verengte die Augen und sein Kiefer spannte sich an. „Ist eine Familientradition."

„Warum zum Henker bist du um zwei Uhr nachmittags an Heiligabend betrunken?"

„Habe ich doch gesagt", erklärte er leise. „Es ist Tradition."

Mehr hatte er dazu nicht zu sagen? Jonas hatte in New York kurz erwähnt, dass sein Vater ein Trinker gewesen war, und gerade bekam ich einen etwas persönlicheren Einblick in dieses Detail. Aber noch immer wollte er es mir nicht erklären? Ja, ich war unangekündigt hergekommen. Aber wenn ich das nicht getan hätte, wann hätte er mir dann davon erzählt?

Und wie gedachte er, den Rest des Tages zu verbringen?

„Bereit fürs nächste Zimmer?", fragte er.

„Nein, ich bin nicht bereit fürs nächste Zimmer", blaffte ich ihn an. „Was ist hier los?"

„Du hältst deine Vergangenheit genauso fest unter Verschluss wie ich", murmelte er. „Bist du deswegen gekommen? Um herauszufinden, ob ich noch abgefuckter bin, als du verkraften kannst?"

„Sei doch nicht so ein Mistkerl, Jonas. Du verbringst Heiligabend betrunken und allein." Ich schluckte den Kloß hinunter, der mir plötzlich im Hals saß. „Ich bin deinetwegen hergekommen."

Er zuckte zusammen. Unter Alkoholeinfluss schien er seine Reaktionen darauf, wenn wir unangenehmeres Terrain betraten, nicht mehr ganz so eisern unter Kontrolle zu haben. Endlich konnte ich ihm seine Gefühle ansehen, auch wenn heute vielleicht nicht unbedingt der beste Tag dafür war. Wut. Traurigkeit. Vielleicht noch etwas anderes. Sein Adamsapfel hüpfte, als er schluckte.

Mit langsamen Schritten durchquerte er den Raum. Er ließ sich neben mir aufs Sofa sinken und lehnte die Unterarme auf die Oberschenkel. So hatte er auch in Paris dagesessen und auf den Boden gestarrt, als er mir von seiner Zeit im Gefängnis erzählt hatte. Er schien sich innerlich dazu durchzuringen, etwas zu sagen, und ich wartete und ließ ihm alle Zeit, die er brauchte. Vielleicht kannte ich ihn ja doch besser, als ich dachte.

„Was willst du von mir hören?", fragte er.

Ich zuckte mit den Schultern. „Ich will wissen, wieso. Wieso in aller Welt ist das eine Familientradition?"

Lange Zeit saßen wir schweigend auf der Couch. Er hockte vornübergebeugt da wie ein verwundetes Tier, und ich trieb ihn wegen seiner Vergangenheit in die Enge. Er konnte entweder auf mich losgehen oder nachgeben.

Jonas holte tief Luft und stieß sie wieder aus. „Mein Vater mag Maker's Mark mehr als sonst irgendetwas oder irgendwen auf der Welt. Irgendwann sagte er mal an Heiligabend, als meine Mutter in der Kirche war, zu mir, ich solle ihm Gesellschaft leisten. Also hatte ich die Wahl: entweder mit ihm zu trinken oder ihm aus den Augen zu bleiben."

Jonas nahm die Whiskeyflasche und trank einen Schluck. Er schnitt eine Grimasse und schraubte den Deckel wieder zu. „Die beste Zeit, die ich je mit meinem Vater hatte."

Er fuhr sich mit der Hand durch die Haare – auch so eine Geste, die ich schon kannte. Allein diese Worte auszusprechen, war schmerzhaft für ihn.

„Als meine Mutter ein paar Stunden später nach Hause kam und uns zusammen am Küchentisch sah, die Flasche zwischen uns, ist etwas mit ihr passiert." Seine Stimme war nur noch ein Flüstern. „Es war, als ob sie endlich begriffen hätte, wer mein Vater wirklich war und welchen

Weg ich einschlagen würde. Ich glaube, davon hat sie sich nie wieder erholt."

Hundert Fragen gingen mir in der Stille seines kargen Wohnzimmers durch den Kopf, doch ich zögerte. Welchen Schmerz würde ich ihm mit jeder einzelnen dieser Fragen zufügen? Und seiner derzeitigen Verfassung nach zu urteilen, litt er bereits, ob er die Geschichte nun erzählte oder nicht.

„Wie alt warst du, als das passiert ist?" fragte ich.

„Fünfzehn."

Und seither trug er die Last dieses Augenblicks auf seinen Schultern.

„Und so hast du die letzten sechzehn Jahre Weihnachten gefeiert?"

„Meistens", gab er zu und sah zu mir hinüber. „Ich rufe ihn an Heiligabend an, wir reden ein bisschen und trinken. Und wenn er dann nur noch vor sich hin lallt, verabschiede ich mich."

„Und deine Mutter?"

„Wir reden an den Feiertagen nicht mehr miteinander. Sie wollte das so." Er schnitt eine Grimasse. „Wenigstens lebt sie nicht mehr mit meinem Vater zusammen."

Ich rieb mir die Stirn. „Ist dieses Feiertagsritual noch so eine von deinen selbst auferlegten Bestrafungen?"

Er fuhr sich wieder ein paar Mal mit der Hand durch die Haare. „Kann sein."

„Und wie viele Jahre dauert es, bis du diese Strafe abgebüßt hast?"

Endlich drehte Jonas sich zu mir um. „Das hier ist das letzte Jahr. Ich habe dein Angebot, Weihnachten zusammen zu verbringen, abgelehnt, um mich mit meinem Vater zu betrinken. Irgendwie ist mir dann heute Morgen klargeworden, wie verkorkst diese Entscheidung war, als ich hier gesessen und meinem Vater zugehört habe, wie er mir von dem Kerl erzählt hat, von dem er glaubt, er hätte ihm letztes Wochenende im Pub Geld geklaut. Immer wieder ging mir durch den Kopf: ‚Das hier habe ich Alice vorgezogen.'"

Er presste die Kiefer aufeinander und seine Augen flackerten unstet. „Jetzt bist du hier und ich bin betrunken. Ich stehe so kurz davor, in den Pub zu gehen und mich zu prügeln."

„Weil dir das helfen würde?" fragte ich.

Kurz loderte etwas in seinem Blick auf. „Das ist eins von zwei Dingen, die mich wieder ein Stück weit aus dieser Stimmung rausholen."

Er ließ den Blick meinen Körper hinabwandern, um zu verdeutlichen, was die andere Sache war. Und wie es ablaufen würde. Nicht zärtlich oder voll von der Sehnsucht, die ich in den letzten Monaten empfunden hatte. Jonas' Blick war grob, voller explosiver Lust. Was ich mir von ihm wünschte, würde ich nicht bekommen. Konnte ich mich stattdessen mit dem hier zufriedengeben?

Er atmete ungleichmäßig ein und wandte sich ab. „Bist du jetzt bereit für den Rest der Wohnungsbesichtigung?"

2

ICH FOLGTE IHM ein paar Schritte den Flur hinab in eine schlichte weiße Küche. Auf der Arbeitsplatte stapelte sich schmutziges Geschirr. Ein längst vergessener, halbvoller Teller Nudeln mit Soße und ein paar Scheiben Knoblauchbrot standen auf dem Tisch. Als wäre Jonas durch den Anruf seines Vaters beim Essen unterbrochen worden.

„Nicht so sauber wie deine Wohnung", bemerkte er mit einem Grinsen.

Ich ging weiter in den schmalen Raum hinein bis zu der Glastür auf der anderen Seite. Sie führte hinaus auf einen kleinen Balkon. „Das hier ist hübsch."

„Den benutze ich selten", erklärte er. „Früher habe ich da geraucht und es fällt mir leichter, wenn ich nicht rausgehe."

Früher habe ich geraucht. So viele Dinge, von

denen er sich fernhalten musste. Rauchen, Trinken, Kämpfen.

Als ich zu Jonas zurückging, fiel mir ein Briefumschlag ins Auge, der auf der Anrichte stand. Mein Name, *Alice*, war in der gleichen unordentlichen Schrift wie in Jonas' Briefen darauf geschrieben und unterstrichen. Ich ging langsamer und blieb vor dem Brief stehen.

„Ist der für mich?" fragte ich.

Er blickte finster drein und wandte den Blick ab. „Noch nicht. Nicht so."

In meiner Handtasche befand sich ebenfalls ein Briefumschlag, auf dem in ordentlicher Schrift Jonas' Name stand. Aber er hatte Recht. Es war kein guter Zeitpunkt für Briefe oder Geschenke oder was auch immer sich darin befinden mochte. Ich warf noch einen Blick auf den Umschlag und ging zur Tür. Jonas lehnte im Türrahmen und sein Körper nahm so viel Platz ein, dass ich mich an ihm hätte vorbeizwängen müssen. Ich verlangsamte meine Schritte, als ich ihm näherkam. Er stieß sich vom Türpfosten ab und sein Körper füllte den ganzen Raum aus. In seinen Augen loderte Feuer und er schob die Hände in die Hosentaschen.

„Kommen wir jetzt zum Ende der Führung?", fragte er mit tiefer, sinnlicher Stimme.

Nur das Schlafzimmer war noch übrig. War ich bereit, es zu betreten? Jonas' Blick war jetzt voller Heißhunger, beinahe animalisch. Ein Nein von mir und er würde es gut sein lassen, und ich würde mich wahrscheinlich für den Rest meines

Lebens fragen, was wohl als Nächstes passiert wäre.

„Ja."

Er kam einen Schritt näher und drängte mich mit dem Rücken gegen die Wand. Für den Fall, dass ich seine Botschaft beim ersten Mal noch nicht begriffen hatte, vermittelte er sie mir jetzt noch einmal unmissverständlich. Er beugte sich über mich und strich mir die Haare von der Schulter, so wie er es vorhin im Flur getan hatte. Langsam beugte er sich herunter, berührte meinen Hals mit den Lippen und atmete tief ein.

„Du riechst so verdammt gut", flüsterte er mir ins Ohr.

Er richtete sich auf und ging in Richtung Schlafzimmer. Ich ließ mich gegen die Wand sacken und versuchte, wieder langsamer zu atmen.

„Das Bad überspringen wir", sagte er über die Schulter. „Da herrscht totales Chaos."

Jonas ging weiter, bis er zur letzten Tür kam. Ich holte ihn ein und ging an ihm vorbei, um es mir anzusehen. Ein breites, ungemachtes Bett mit dunkelblauen Laken. Zwei Schränke. Ein Satz Hanteln, die ich vermutlich nicht einmal hätte anheben können. Weiße Wände, Rolljalousien. Abgesehen von einem T-Shirt auf dem Boden wirkte der Raum neutral und unpersönlich.

Ich drehte mich zu ihm um. „Ein bisschen leer hier drin."

Jonas zuckte mit den Schultern. „Ich wüsste nicht, was ich hier reinstellen sollte."

Ich zog die Augenbrauen hoch. Wenn ich

Geld hätte, würde meine Wohnung nicht so aussehen. „Du bunkerst deine ganzen Tantiemen also einfach bloß auf der Bank?"

Sein Blick wurde etwas sanfter. „Ich warte einfach nur darauf, etwas zu finden, das es wert ist, mein Geld dafür auszugeben."

Da war er wieder, dieser Ausdruck: es wert sein. Jonas sah mich durchdringend an, als wolle er seine letzte Bemerkung unterstreichen. Er hatte den Begriff schon einmal benutzt, als er mir von der Gefängnisbibliothekarin erzählt hatte, die etwas in den Insassen gesehen hatte, das der Mühe wert war und das sie dazu veranlasst hatte, jede Woche wiederzukommen.

Ich dachte mir, vielleicht finde ich ja, wenn ich wieder draußen bin, mit etwas Glück jemanden, der etwas in mir sieht, das der Mühe wert ist.

Ich hatte nicht verstanden, wie tief diese Vorstellung in ihm verwurzelt war. Hatte er etwa all die Jahre, seit er aus dem Gefängnis gekommen war, damit verbracht, nach etwas zu suchen, das der Mühe wert war? Darauf gewartet, erst die Antwort zu finden, bevor er wieder anfangen konnte, wirklich zu leben?

Jonas war ohne viel Geld aufgewachsen, genau wie ich. Seinem Vertrag mit Boars & Allen nach zu urteilen, konnte er sich inzwischen alles leisten, was er wollte, leben, wie er wollte, und alles nachholen, was er verpasst hatte. Und er hatte sich für das hier entschieden?

Ich schlenderte durch sein Schlafzimmer,

strich mit der Hand über seine zerwühlte Bettdecke und blieb vor dem Fenster stehen. Dieses Zimmer hatte keinen Balkon, dafür war die Fensterbank fast breit genug, um darauf zu sitzen. Ich lehnte mich nach vorn und sah hinaus auf den verschneiten Innenhof und die Wohnungen gegenüber.

Als ich mich wieder umdrehte, lag sengende Hitze in Jonas' Blick. Brennender Hunger. Genau das war es: ein grenzenloser Hunger. Keine Fassade höflicher Zurückhaltung, kein vorsichtiges Ausloten meiner Grenzen, nur sein eigenes, unbändiges Verlangen. Und wir waren in seinem Schlafzimmer.

Mit langsamen, absichtsvollen Schritten kam er quer durch den Raum auf mich zu. Seine Absichten waren unverkennbar.

„Wenn du lieber abhauen willst, Alice, ist das hier deine Chance", sagte er. „Mein Tag war bisher echt beschissen und im Augenblick bin ich ein verbitterter, egoistischer Mistkerl, der sich nimmt, was er will."

Genau das war es, was ich von ihm brauchte – dessen war mir schon seit langem bewusst. Ich musste ihn in seiner schlimmsten Verfassung erleben, um verstehen zu können, ob ich die gleichen Fehler beging wie meine Mutter. Und genau dazu würde es jetzt kommen.

Ich richtete mich auf und reckte das Kinn, um ihm direkt in die Augen zu sehen. „Und was willst du?"

Er beugte sich über mich und zischte mir schroff ins Ohr. „Bist du deshalb heute hier? Um an all den Dingen herumzurühren, über die ich nicht reden wollte, und zu sehen, was passiert? Um herauszufinden, ob ich genau so ein Arschloch bin wie dein Vater?"

Ähm, na ja – ja. Aber so unverblümt ausgesprochen, klang es doch ziemlich egoistisch.

„Ich hatte nicht vor, am eigentlichen Feiertag herzukommen, Jonas", flüsterte ich.

Er blieb unmittelbar vor mir stehen, berührte mich jedoch nicht. Er stützte sich mit einem Arm an der Wand ab, und sein großer Körper ragte vor mir auf. „Ich dachte, ich wollte mich heute nur in Ruhe betrinken und einfach bloß irgendwie den Tag überstehen. Aber jetzt, wo du hier bist, will ich etwas anderes."

Etwas anderes war genau das, was mir hätte Sorgen bereiten müssen, aber ich konzentrierte mich stattdessen auf den Teil mit dem *einfach bloß den Tag überstehen*. Sollte ich ihn dazu drängen, mehr zu sagen? Was würde er tun, wenn ich ihn berührte? Mit zitternden Fingern griff ich nach seinen Armen. Scharf sog er die Luft ein.

„Ich kann dir gar nicht sagen, wie oft ich mir das schon ausgemalt habe, Alice", flüsterte er. „Du in meinem Schlafzimmer. Unter mir. Auf den Knien. Und ich bin betrunken genug, dass ich mich nicht zurückhalten werde, auch wenn das im Augenblick eine verdammt schlechte Idee ist."

Die letzten paar Worte waren ein undeutliches Gemurmel, und ich spürte, wie sich seine Muskeln unter meinen Fingern anspannten.

Oh, Gott. Das war sie: meine letzte Chance, mir darüber klarzuwerden, ob das hier – ob er – doch zu intensiv für mich war, oder ob ich die roten Warnlichter ignorieren und herausfinden wollte, was er wollte, was er brauchte, wenn er an seinem Tiefpunkt war. Ich hatte von all den Machtspielchen gelesen, die er mit seiner anderen rothaarigen Freundin gespielt hatte. War es das, was er von mir wollte? Wenn ja, war ich mir nicht sicher, ob mich das erregte oder mir Angst einjagte.

„Willst du immer noch hierbleiben, Alice?"

Seine Muskeln zuckten, aber er berührte mich noch immer nicht.

Ich ließ meine Hände über seine Arme hinabgleiten und schob sie unter den Saum seines T-Shirts. Seine Haut war heiß und sein Bauch spannte sich im Takt seiner schnellen, unregelmäßigen Atemzüge an. Ich war für diesen Mann den ganzen Weg von New York hierher geflogen. Ich begehrte ihn noch immer.

Ich ließ meine Hände weiter abwärts zum Bund seiner Jeans wandern, doch er packte sie, bevor ich noch weiter vorstoßen konnte.

„Nicht so", sagte er in etwas kälterem Tonfall. „Auf meinem Bett."

Ich blinzelte zu ihm hoch. Etwas von diesem harten Ausdruck, mit dem er mich am Konferenztisch in New York angesehen hatte, erschien in seinem Gesicht. Er befand sich wieder an diesem Ort, diesem Teil seiner Persönlichkeit, von dem er sich fernzuhalten bemühte.

Er führte mich zu seinem Bett und stellte sich hinter mich. „Ich bin deinetwegen so verdammt hart."

Er drängte sich von hinten an mich, presste seine Hüften gegen meinen Hintern und demonstrierte mir auf primitivste Weise, was er wollte.

Ich sah über die Schulter in seine durchdringend blauen Augen. „Dann tu es."

Seine Hände verkrampften sich und er stieß ein leises Zischen aus.

„Hast du dich testen lassen?"

Ich nickte. Er hatte mir in seinem Brief erzählt, dass er sich testen lassen wolle, und mich gefragt, ob ich es auch tun würde. Ich hatte ihm nie darauf geantwortet.

Er stöhnte. „Und der Test war negativ?"

Ich nickte wieder.

„Meiner auch", sagte er. „Dann finden wir jetzt mal heraus, wie es sich ohne Kondom für uns anfühlt."

Ein Anflug von Traurigkeit überkam mich. Ich hatte mir ungeschützten Sex als Möglichkeit vorgestellt, Jonas noch näher zu sein, aber darum würde es hier nicht gehen. Das hier würde uns einander nicht näherbringen. Hier ging es schlicht und ergreifend darum, ganz egoistisch Dampf abzulassen, mehr nicht. Ich würde nicht mal seinen Gesichtsausdruck sehen können. Vielleicht war das auch besser so.

„Tu es, Jonas", hauchte ich.

Er wurde ganz still hinter mir. Dann beugte er seinen schweren Körper über meinen und küsste zärtlich meinen Nacken. So verharrte er einen langen Augenblick, während mir sein nach Alkohol und Verzweiflung riechender Atem in die Nase drang. Doch der Moment verging und schon lagen seine Hände wieder auf meinen Hüften. Er ließ seine Finger über meinen Bauch wandern und knöpfte meine Jeans auf.

„Verdammt", murmelte er, als er sie mir über die Hüften streifte.

Er griff mir zwischen die Beine und fand, wonach er suchte. Trotz allem, was an diesem Tag verkehrt lief, begehrte ich ihn. Gott, wie sehr hatte ich ihn vermisst, die herzzerreißende Aufrichtigkeit jeder unserer Begegnungen.

Und dann waren da noch die körperlichen Aspekte, die ich vermisst hatte. Ich hatte immer geglaubt, es wäre unter meiner Würde, mich seines Körpers wegen auf einen Mann einzulassen, aber ich konnte nicht leugnen, dass dieser Aspekt bei Jonas einen Teil seiner Anziehungskraft ausmachte. Die verschlungenen Tattoos, die sich über seine Brust und seine breiten, starken Armmuskeln erstreckten. Sein Körper war noch immer der eines Kämpfers, trotz allem, was geschehen war, und besaß diese ausgeprägten Muskeln, die sich anspannten, wenn ich sie berührte.

Und dann war da noch die Art und Weise, wie er mich berührte. Seine Ex-Freundin mochte ihm ja vielleicht das Herz verdreht haben, aber sie hatte ihn auch gelehrt, wie er mit dem Körper einer Frau umgehen musste. Wie er ihr Wonne bereiten konnte, wie er ihr das Gefühl vermittelte, ihre Lust zu entfachen wäre ein Geheimnis, das nur er allein kannte. Mit dieser Seite an ihm kam ich immer noch nicht ganz klar.

Aber Jonas war betrunken und schlecht gelaunt, und die dunkle Wolke, die über ihm schwebte, drohte über uns beiden zu zerplatzen. Seine Gürtelschnalle klirrte hinter mir, dann hörte ich seinen Reißverschluss. Nach Monaten der Trennung, nach all seinen wunderschönen Briefen, wollte er, dass es auf diese Weise zwischen uns verlief. Keine Romantik, keinerlei Raffinesse. Er zerrte mir den Pullover vom Leib und ließ ihn kurzerhand auf den Boden fallen. Dann presste er sich wieder an mich und erneut umgab mich der Duft von Whiskey und Sex.

„Beug dich übers Bett", raunte er mir mit tiefer, rauer Stimme ins Ohr. Mit der Hand drückte er mich nach unten. „Tiefer."

Wir hatten schon alles Mögliche miteinander gemacht, aber so über sein Bett gebeugt, fühlte ich mich auf eine ganz neue Art entblößt. Nur im BH und mit meiner Jeans, die mir um die Oberschenkel hing, fühlte es sich wie das genaue Gegenteil von Intimität an.

Er schob seine lange, pralle Erektion zwischen meine Beine und reizte mich. Dann tat er es wieder und immer wieder, veränderte den Winkel, spielte mit mir, bis ich seinen Bewegungen entgegenkam.

„Aufs Bett", stöhnte er.

Ich schlängelte mich aus meiner Jeans und kletterte aufs Bett. Er war unmittelbar hinter mir, zwängte mir mit seinen Beinen die Beine auseinander und hielt mit den Händen meine Hüften fest. Er schob mir eine Hand zwischen die Beine und Hitze schoss mir in die Wangen. Ja, trotz allem war ich erregt.

Er wurde langsamer, berührte mich jetzt sanfter.

„Du begehrst mich noch immer", flüsterte er, fast wie zu sich selbst. „Verdammt."

Er holte tief Luft, und einen Moment lang dachte ich, er würde einen Rückzieher machen und das Ganze abblasen. Doch dann zog er seine Hand zurück, brachte sich vor meiner Öffnung in Position und drang hart in mich ein.

Einen Augenblick lang war alles wieder in Ordnung. Alles andere verblasste und ich verspürte nichts als die tief empfundene Erleichterung, dass Jonas endlich wieder in mir war und mich ausfüllte. Er gab einen kehligen Schrei von sich und stieß einige Male wie wild zu. Ich stöhnte, und er fand einen harten, gleichmäßigen Rhythmus.

„So fühlst du dich so gut an", stieß er durch zusammengebissene Zähne hervor.

Diese Wonne. Er ließ die Hüften kreisen und hielt mich mit den Fingern eisern fest. Aber ich kämpfte darum, mich nicht in meiner Lust zu verlieren. Nicht auf diese Weise. Ich sah über die

Schulter. Jonas hatte die Augen geschlossen und sein Gesicht war zu einer Grimasse verzerrt, die an Schmerz grenzte.

„Jonas", hauchte ich, und mir brach das Herz.

Doch er hörte es. Beim Klang meiner Stimme hielt er inne.

„Oh, Alice", flüsterte er.

Die Reue in seinem Tonfall berührte mich tief im Inneren. Alles in mir schmerzte vor Mitgefühl für ihn.

Er bewegte sich hinter mir und sein Hemd fiel aufs Bett. Dann dirigierte er mich sanft in eine aufrechte Position, bis ich mit gespreizten Beinen auf seinem Schoß saß, seine Erektion immer noch in mir. Er hielt mich an sich gedrückt, Haut an Haut. Er küsste mir den Nacken, legte mir seine großen Hände um die Arme und hielt mich fest.

„Oh, Gott, Alice." Er stöhnte und bewegte seine Hüften, sodass er tiefer in mich eindrang. „Warum hast du das getan? Warum zum Teufel musstest du herkommen und mich so erleben?"

„Ich bin hergekommen, weil ich dich will, Jonas", flüsterte ich.

Es war die Wahrheit. Entweder konnten wir damit umgehen oder nicht. In jeder anderen Beziehung hätten wir die schwierigeren Themen monatelang umschifft, bevor wir uns ihnen schließlich gestellt hätten. Aber das hier war keine solche Beziehung. Für Jonas hieß es alles oder nichts. Für mich ja vielleicht auch.

Sein schwerer Körper umfing mich und ich spürte seine heißen, schnellen Atemzüge in meinem Haar. „Warum lässt du mich nicht für dich da sein, Jonas?" fragte ich. „Ist das hier alles, was du von mir willst?"

Seine Finger krallten sich fest um meine Arme und sein heißer, zorniger Atem stieß hart gegen meinen Hals. „Du weißt, dass das nicht wahr ist."

„Im Augenblick weiß ich gar nichts."

Bevor ich den Gedanken weiterführen konnte, begann er sich erneut zu bewegen. Er rieb mir mit seinen großen Händen über die Arme bis zu den Hüften und packte mich dort. Ich hob mich an und er zog mich fest nach unten, stieß so tief in mich hinein, dass es mir den Atem verschlug. Ich konnte mich in diesem Gefühl verlieren. Alles andere vergessen, auch wenn es noch so wichtig war. Wenn wir hier gerade an Jonas' Grenzen angelangt waren, so konnte ich doch wenigstens dieses Gefühl auskosten.

Er murmelte ein paar Worte auf Schwedisch und hob mich erneut an. Diesmal bewegte er seine Hüften mir entgegen und sein heißer Atem strich über meine Schulter. Doch die Wut war verschwunden und auch die Reue. Es gab nur noch diese elektrisierende Anziehungskraft zwischen uns, dieses verzweifelte Verlangen, einander näherzukommen, jede Barriere zwischen uns verschwinden zu lassen. Er zog mich fester an sich und hielt mich an seine heiße, schweißnasse Brust gepresst, während er sich immer schneller in mir bewegte. Seine Atemzüge kamen nur noch stoßweise.

„Ich will dich, Alice", stieß er hervor und es schwangen so viele Emotionen in seinem Tonfall mit. „Lass mich dich haben."

Die Worte brachten so vieles zum Ausdruck, wonach er sich sehnte, und sie trafen mich tief im Innersten. Seine leise, angespannte Stimme hallte in mir wider und meine Lust brach sich Bahn. Ich schrie auf und zitterte, während er sich aufbäumte, sich gehen ließ und in drei letzten harten Stößen heftig in mir kam. Er schlang die Arme fest um mich, zog mich ganz eng an sich, und bei dieser Geste wurde mir innerlich ganz warm und die ganze Situation verwandelte sich in etwas anderes.

Er lockerte seinen Griff und küsste mich sanft, sein Mund in meinem Haar. Mein Körper fühlte sich schwer an und meine Augenlider schlossen sich mit einem Flattern. Ich beugte mich vor, und Jonas folgte mir und ließ uns aufs Bett sinken, einen Arm immer noch um mich geschlungen. Unsere Atemzüge wurden langsamer, und ich lag still da und driftete an einen Ort, an dem all die Dinge, die an diesem Tag geschehen waren, einen Sinn ergaben.

3

ALS ICH AUFWACHTE, war Jonas noch immer halb in mir. Er hatte den Arm fest um meine Taille geschlungen und hielt meinen Körper an seinen gedrückt. Wie lange hatte ich so eng an ihn gekuschelt geschlafen? Ich hob den Kopf, um nach einer Uhr zu suchen, sah aber keine. Draußen war es dunkel, aber das war es bei meiner Ankunft schon gewesen. Mein Magen knurrte. Es musste wohl Essenszeit sein, zumindest meiner inneren Uhr zufolge.

Ich rückte von Jonas ab, aber er schnarchte leise und zog mich wieder in seine Arme. Seine Erektion wuchs und neckte mich, aber dafür war ich noch nicht wieder bereit. Ich war vom Jetlag noch wie benebelt, wodurch mir alles noch surrealer vorkam. Ich brauchte ein wenig Abstand von der Leichtigkeit, die mich tief im Inneren erfüllte, wenn mir sein Körper so nah war. Ich schälte mich aus seiner Umarmung und schlüpfte aus dem Bett, ohne mich noch einmal umzusehen.

Das Bad war so, wie er gesagt hatte. Chaotisch. Nicht eklig, einfach nur unordentlich, als wäre es Jonas völlig egal, wie es dort aussah. Keine Kappe auf der Zahnpastatube. Toilettensitz hochgeklappt. Wahrscheinlich hatte er eine Putzfrau, die regelmäßig vorbeikam. Ein heißes schwedisches Dienstmädchen? Ich massierte mir die Schläfen. Dummer Gedankengang.

Ich stellte die Dusche an und ließ sie warm werden, während ich langsam meine letzten Kleidungsstücke auszog. Vielleicht würde mir das Wasser helfen, den Kopf wieder freizubekommen. Ich trat in die Kabine und ließ mir den heißen Wasserstrahl über den Körper fließen.

Die Flaschen und Tuben in Jonas' Dusche gaben mir keinen Aufschluss darüber, was sie enthielten. Ich öffnete sie und schnupperte daran, aber sie rochen alle nach Mann. Nach Jonas. Vielleicht nahm ich am besten einfach die Seife.

Während ich das Seifenstück zwischen den Händen rieb, ging die Tür auf. Jonas stand im Türrahmen und starrte mich durch das beschlagene Glas der Duschkabine an. Er trug nur seine Jeans und die Haare standen ihm auf einer Seite noch schlimmer zu Berge als schon zuvor. In jeder anderen Situation hätte ich seinen Anblick lustig und süß gefunden. Stirnrunzelnd wandte er den Blick ab.

„Komm ruhig rein", sagte ich.

Für Schamgefühle war es ein bisschen spät.

Jonas ließ die Schultern herabsacken und trat ein. Er klappte den Toilettendeckel zu, setzte sich darauf und stützte die Unterarme auf seine breiten Oberschenkel. Auch nach allem, was vorgefallen war, konnte ich den Blick nicht von seinen breiten Schultern lassen, von den verschlungenen Tätowierungen, die sich über seine Muskeln zogen. Offenbar konnte dieser Mann tun, was immer er wollte, und ich würde ihn trotzdem immer noch heiß finden.

„Ausgenüchtert?" fragte ich.

„Ein bisschen." Seine Schultern hoben und senkten sich. „Es tut mir so leid. Alles."

Ich erwiderte nichts, sondern wusch mir schweigend weiter die Spuren von Reise und Sex vom Körper. Der Dampf ließ die Duschkabine noch mehr beschlagen und machte Jonas zu einem verschwommenen Fantasiebild.

„Ich hätte mit dir über Weihnachten reden sollen", sagte er leise.

Ja. Hätte er tun sollen.

Ich stellte das Wasser ab. Jonas nahm ein Handtuch und öffnete die beschlagene Tür der Duschkabine. Er wickelte es um mich und hielt mich einen Augenblick fest. Er streichelte mir über die Wange und zog meine nassen Locken unter dem Handtuch heraus. Die Geste war so zärtlich, so intim, dass ich die Augen schloss, um gegen die wohlige Wärme anzukämpfen, die in mir aufstieg.

Ich verfluchte ihn innerlich dafür, dass er mich dazu brachte, einfach vergessen zu wollen, was gerade erst passiert war. Außerdem war er immer noch nicht wieder nüchtern.

Befand ich mich hier auf der gleichen Achterbahnfahrt, zu der meine Mutter ihr Leben hatte werden lassen?

Ich holte tief Luft und schlug die Augen wieder auf. Und erstarrte. Auf der ehemals leeren Fläche auf seiner Brust prangte ein neues Tattoo. Ein kleiner Vogel, dessen anmutiger Körper hier und da weiß schillerte. Durch das beschlagene Glas der Duschkabine hatte ich ihn nicht gesehen, doch jetzt breitete er direkt vor mir seine Flügel aus. Er flog auf den anderen, älteren Vogel zu, den schwarzen mit dem gebrochenen Flügel. Würde die Szene ihren Lauf nehmen, musste mindestens einer der beiden die Richtung ändern, sonst würden sie zusammenprallen. Aber das schien keiner der beiden Vögel zu bemerken, zumindest noch nicht. Sie flogen einfach aufeinander zu.

In New York hatte ich Jonas gefragt, ob der verletzte schwarze Vogel, der ins Nichts davonfliegt, ihn verkörpere. Jetzt, in dieser neuen Szene, flog er nicht mehr davon. Ich bemühte mich nach Kräften, meine aufkeimende Hoffnung niederzuringen. Vergebens.

Ich befreite eine Hand aus dem Handtuch und strich mit den Fingern über das Bild. Das Tattoo war noch neu, die Linien fühlten sich leicht erhaben an.

Gerade noch hatte sich Jonas' Brust in gleichmäßigem Rhythmus sanft gehoben und gesenkt, doch nun bewegte sie sich nicht mehr. Langsam sah ich hoch, bis ich dem bodenlosen Blau seiner Augen begegnete. Ich wartete auf eine Erklärung und ließ meine Hand hinunter zu dem gebrochenen Flügel des schwarzen Vogels wandern.

„Ich stinke bestimmt wie ein Schwein", bemerkte Jonas schließlich und wandte den Blick ab. „Lass mich kurz unter die Dusche springen, damit ich noch ein bisschen nüchterner werde."

Ich nickte und ließ die Hand sinken. Dann trat ich um ihn herum und lehnte mich ans Waschbecken. Seine Augen wurden groß.

„Willst du mir zusehen?", fragte er.

Ich zuckte mit den Schultern. „Warum nicht?"

Seine Mundwinkel zuckten. Es war die erste Andeutung eines echten Lächelns, die ich bei ihm gesehen hatte.

„Warum nicht", wiederholte er.

Er drehte das Wasser auf. Dann zog er Jeans und Boxershorts aus und trat in die Dusche, ohne mich noch einmal anzusehen. Das Glas war noch immer beschlagen, aber nicht so stark, dass es seine Bewegungen verdeckt hätte, während er sich einseifte. Er drehte sich mit geschlossenen Augen in den Wasserstrahl und wusch sich die Haare, während das Wasser an seinem langen, muskulösen Körper hinablief.

Zog er hier absichtlich eine sexy Show ab?

Wenn dem so war – ich hatte es ja so gewollt.

Er stellte die Dusche ab und trat aus der Kabine. Mein Blick fiel unwillkürlich nach unten, bevor ich mich bremsen konnte. Ausnahmsweise war er mal nicht steif, und das machte seine Nacktheit irgendwie persönlicher, verlieh ihr eine andere Art von Intimität.

Schnell sah ich wieder hoch, doch er hatte meinen Blick bemerkt. Er zog die Augenbrauen hoch und lächelte leicht, bevor er nach einem Handtuch griff. Wie gebannt sah ich ihm zu. Er rubbelte sich die Haare, bis sie in alle Richtungen abstanden, und trocknete sich dann langsam von oben bis unten ab. Da er mich ja schon beim Gaffen ertappt hatte, konnte ich ihn auch genauso gut weiter betrachten. Narben und Tätowierungen bedeckten seine Haut, und er besaß so ein gewisses wildes, raues Aussehen, als wäre er nicht für eine zivilisierte Gesellschaft gemacht. Aber die Szene insgesamt war wunderschön. Ich war den ganzen Weg nach Schweden geflogen, um genau diesen Mann zu sehen, nicht irgendeine auf Hochglanz polierte Version von ihm. Irgendwann würde ich diese Seite an mir akzeptieren müssen.

Als Jonas sich fertig abgetrocknet hatte, sah er – noch immer mit amüsiert hochgezogenen Mundwinkeln – zu mir auf.

„Genug gesehen?", fragte er.

Ich zuckte die Schultern und sein Lächeln wurde breiter.

Er schlang sich das Handtuch um die Taille

und nickte zur Tür. „Ich ziehe mich mal an und suche uns etwas zu essen. Wir müssen reden."

Ich trocknete mich in Ruhe ab und wartete. Als ich Jonas' Schritte wieder im Flur hörte, schleppte ich meinen Koffer in sein Zimmer. Er hatte die Kleidungsstücke vom Boden aufgehoben und das Bett gemacht. Ich setzte mich auf die dunkelblaue Bettdecke und zog eine frische Jeans an. Meine Bewegungen wurden langsamer, als ich mich im Zimmer umsah. Wie es wohl war, Jonas zu sein? Er sperrte sich in dieser kargen Wohnung ein, als säße er noch immer im Gefängnis.

Ich kniete mich hin und kramte in meinem Koffer nach meiner Bürste und ein bisschen Make-up. Jonas besaß wahrscheinlich keinen Föhn, also musste ich mich wohl mit meinem wilden Lockenkopf abfinden. Aber im Augenblick waren meine Haare die geringste meiner Sorgen.

Ich trottete den Flur hinab zurück ins Bad, um mich fertig zurechtzumachen. Wenn ich Jonas gegenüberstehen würde, musste ich bereit sein für unser Gespräch. Bereit, mir darüber klarzuwerden, wie ich mit der Tatsache umgehen wollte, dass ich dabei war, mich in einen Mann zu verlieben, der sich an Heiligabend allein betrank.

Als ich schließlich um die Ecke in die Küche spähte, saß Jonas an dem kleinen, runden Tisch am Fenster und erwiderte meinen Blick.

„Ich habe uns ein paar Zutaten für Sandwiches zusammengesucht", erklärte er. „Entweder das oder ein paar Reste vom

Lieferservice."

Ich lächelte. „Ganz egal. Ich bin am Verhungern."

Jonas hatte Käse, Fleisch und ein paar mir unbekannte Dinge auf die Anrichte gestellt. Er kam zu mir und reichte mir einen Teller.

„Was ist das?" Ich zeigte auf einen Becher mit einem gräulich braunen Brotaufstrich.

„Leberwurst."

Ich hob eine Augenbraue. „Du machst Witze."

Jonas schüttelte den Kopf.

„Hmm ... ich glaube, bei meiner ersten Mahlzeit gehe ich lieber auf Nummer sicher", sagte ich. „Schinken und Käse sind doch bei euch dasselbe wie bei uns, oder?"

„So ungefähr."

Wir bewegten uns umeinander herum, belegten unsere Sandwiches und streiften uns immer wieder. Jonas legte mir eine Hand an die Hüfte, als er ein paar Gläser aus dem Schrank nahm, und ich hielt inne, als ich seine Körperwärme hinter mir spürte. Wir hatten nie genug Zeit gehabt, um einfach nur zusammen zu sein. Unsere kurzen Begegnungen hatten uns nie die Gelegenheit gegeben, ganz in Ruhe gemeinsam eine Mahlzeit zuzubereiten. Falls ich mich zum Bleiben entschied, könnten wir diese Art des Zusammenseins während der Woche genauer erkunden. Falls.

Jonas öffnete den Kühlschrank und stöberte darin herum.

„Milch oder Wasser? Oder Whiskey?"

Ich hielt abrupt inne und drehte mich zu ihm um. Er musterte mein Gesicht und schien vorsichtig meine Reaktion abzuschätzen.

„Das war ein Scherz, Alice", sagte er leise.

Mein Gesicht brannte. „Wasser, bitte."

Am Tisch standen nur zwei Stühle und Jonas hatte den zweiten neben seinen gezogen, mit Blick auf das verschneite Fenster. Draußen war es dunkel und es brannte kaum noch Licht in den anderen Fenstern. Ich setzte mich und biss von meinem Sandwich ab. Meine Güte, hatte ich einen Hunger.

„Wie spät ist es?" fragte ich.

„Kurz vor Mitternacht."

Ich musste blinzeln. „Wow."

Wahrscheinlich war es ganz gut, dass wir so lange geschlafen hatten. Jonas musste inzwischen wieder einigermaßen nüchtern sein.

Ich verschlang mein Sandwich und stand auf, um mir noch eins zu machen. Ich sah mir die verschiedenen Brote an, die auf der Anrichte aufgereiht waren, und wählte das aus, das am wenigsten so aussah, als wäre es auch in einem New Yorker Lebensmittelladen zu bekommen.

Während ich nach der Mayonnaise griff, sah ich hoch. Jonas musterte mich. In seinem Blick lagen der vertraute Hunger und die vertraute Sehnsucht, aber auch noch etwas anderes. Etwas Neues. Etwas, das mich innehalten ließ.

„Tut mir leid", sagte er und schüttelte den Kopf. „Ich kann einfach nicht glauben, dass du hier bist."

„Ist das etwas Gutes oder Schlechtes?"

Er seufzte. „Ich glaube, das musst du jetzt selbst entscheiden. Ich hoffe, es ist etwas Gutes."

Ich setzte mich wieder an den Tisch und biss von meinem Sandwich ab. Es hatte wieder zu schneien begonnen und der Schnee schimmerte in der Dunkelheit der Nacht.

„Die Sache ist die", sagte Jonas und durchbrach die Stille dieser idyllischen Küchenszene. „Ich habe für morgen früh ein Zugticket gebucht."

„Verstehe", antwortete ich und legte mein Sandwich hin.

Er fuhr sich mit der Hand durch die Haare. „Mein Vater klang heute Morgen noch paranoider als sonst. Also habe ich mir nach einer langen Diskussion mit dieser Whiskeyflasche ein Ticket in den Norden gekauft, um ein paar Tage zu ihm zu fahren. Nur ein letztes Mal." Er warf mir einen durchdringenden Blick zu und seufzte. „Ich komme am dreißigsten Dezember abends zurück. Rechtzeitig für deine Ankunft."

Ich nickte langsam. „Wie lange hast du ihn nicht mehr gesehen?"

„Als mein Buch anfing, Geld abzuwerfen, habe ich meiner Mutter eine Wohnung hier in Stockholm gekauft", erklärte er mit einem Stirnrunzeln. „Das hat er nicht gut aufgenommen."

„Aber du redest noch mit ihm?"

„Einmal im Jahr." Jonas holte tief Luft. „Ich

muss zu ihm fahren und dieses Kapitel meines Lebens abschließen. Damit ich nach vorn schauen kann."

Ich schluckte und nickte. Dass er die Reise ja auch absagen und bleiben könnte, stand offenbar gar nicht erst zur Debatte.

Er drehte sich ganz zu mir und legte mir eine Hand aufs Knie. „Ich streue hier gerade Salz in deine Wunden, oder? Ich verschwinde einfach ohne Vorwarnung, obwohl du gehofft hattest, dass ich für dich da sein würde."

Wie mein Vater es immer getan hat. Er musste es nicht aussprechen. Die Worte schwebten auch so im Raum.

„Wirst du noch hier sein, wenn ich zurückkomme?"

Ich runzelte die Stirn. „Du meinst, ich soll hier wohnen, solange du weg bist?"

Er nickte. „Ich muss es einfach versuchen. Heute Morgen beschlich mich das Gefühl, dass mir vielleicht nicht mehr viel Zeit bleibt." Er strich mir eine Lockensträhne aus dem Gesicht. „Bleib hier. Schlaf dich aus, unternimm Spaziergänge im Schnee, kauf dir was von all dem Weihnachtskram, der hier angeboten wird. Und wenn mir alles über den Kopf wächst, denke ich einfach an dich und daran, wie du hier neben mir an meinem Tisch sitzt, als wäre es das Natürlichste auf der Welt."

Ich schluckte. Mein ganzes Leben lang hatte ich mir immer verboten, mir irgendetwas zu erhoffen, weil ich wusste, wie die Realität aussah.

Aber bei Jonas hatte ich geglaubt, dass ich es mir dieses eine Mal vielleicht doch erlauben könnte. Dass vielleicht doch ein paar meiner Hoffnungen in Erfüllung gehen könnten. Stattdessen würde ich in einer leeren Wohnung hocken und auf seine Rückkehr warten. Oder ich könnte zurück nach New York in meine eigene leere Wohnung fliegen. Schon wieder ein Prüfstein für unsere wackelige Beziehung, und so früh.

„Ich weiß es nicht", flüsterte ich.

Er nickte und sah weg. Langsam rieb er sich über die Bartstoppeln an seinem Kinn.

„Das ist nur fair", gab er schließlich zu. „Ich werde dich nicht drängen."

Ich erhob mich langsam. Ich hatte noch nie auf dem Schoß eines Mannes gesessen und auch noch nie das Bedürfnis danach verspürt. Doch jetzt schlang ich die Arme um Jonas' Hals und setzte mich auf seine breiten, muskelbepackten Oberschenkel. Er legte die Arme um mich, vergrub seinen Kopf an meinem Hals und zog mich fest an sich.

4

BLINZELND SCHLUG ICH die Augen auf, als dunstige Sonnenstrahlen durchs Fenster fielen. Ich war in Stockholm und schlief in Jonas' Bett. Ohne ihn.

Bleiben oder abreisen? Ich konnte mich noch immer nicht zu einer Entscheidung durchringen.

Ich war noch im Halbschlaf gewesen, als er aufgebrochen war. Wir hatten bis tief in die Nacht wach gelegen, geredet, uns geküsst, und waren schließlich eingenickt. In den frühen Morgenstunden, als es noch dunkel gewesen war, hatte er sich von hinten an mich geschmiegt und sich noch einmal sanft zwischen meine Beine geschoben. Mir zugeflüstert, wie sehr er mich begehrte. Wie sehr er mich brauchte. Dass er es nicht über sich bringen könnte, mich zu verlassen.

Doch er hatte es getan. Und ich schien seinen

letzten Abschiedskuss verschlafen zu haben. Jetzt war es völlig still in diesem kleinen Zimmer und das Kissen roch nach Jonas. Ich hätte den ganzen Tag so liegenbleiben können. Vielleicht hatte ich das ja sogar schon getan.

Ich setzte mich auf und rieb mir die Augen. Schnee fiel auf den Fenstersims und glitzerte im Sonnenschein. Wie spät es wohl war? In Stockholm hielt der Dezember nicht viele Lichtstunden bereit, also musste es ungefähr Mittag sein.

Ich rollte mich aus dem Bett und ging in die Küche. Laut der Uhr am Herd war es 12:56 Uhr. Ich hatte den halben Tag verschlafen. Das war wahrscheinlich ganz gut so, aber was in Teufels Namen sollte ich mit dem Rest meines Urlaubs allein in Jonas' Wohnung anfangen?

Meine Mutter konnte ich nicht anrufen, denn sie hatte mir ungefähr ein Dutzend Mal eingebläut, dass ich mich auf eine Enttäuschung gefasst machen könnte, wenn ich an Weihnachten nach Stockholm flöge. *Ich hab's dir ja gesagt* hallte mir ohnehin schon laut genug in den Ohren, da musste meine Mutter nicht auch noch in den Refrain mit einfallen. Dass Jonas mich gebeten hatte, nicht zu kommen, hatte ich ihr gar nicht erst erzählt.

Die Anrichte war fast leer, bis auf den Umschlag mit meinem Namen darauf, den ich schon am Vortag gesehen hatte. Daneben lag ein neuer Zettel in Jonas' krakeliger Handschrift, der so gefaltet war, dass nur die Worte *Liebe Alice* am oberen Rand zu sehen waren. Ich hob zuerst den

Briefumschlag hoch und hielt ihn gegen das Licht. Nichts zu entziffern.

Ich könnte ihn öffnen. Schließlich war heute der erste Weihnachtstag und ich sah keine anderen Geschenke. Aber vielleicht sollte ich mir lieber erst darüber klar werden, ob ich bleiben würde, bevor ich den Brief öffnete.

Also griff ich stattdessen nach dem anderen Zettel, setzte mich auf einen der Stühle und legte das Blatt vor mich auf den Esstisch.

Noch ein Brief, vermutlich mit Infos über die Notausgänge des Gebäudes. Aber nichtsdestotrotz ein Brief. In New York hatte ich jeden einzelnen der Briefe, die Jonas mir geschickt hatte, Dutzende Male gelesen.

Ich faltete das Blatt auseinander. Zum Vorschein kam ein weiterer Zettel mit einer handgezeichneten Karte der Nachbarschaft, auf der der Lebensmittelladen, ein Geldautomat und die Apotheke markiert waren. Am Rand der Karte hatte er ein paar Telefonnummern notiert, unter anderem für den Notarzt und einen Pizzalieferdienst. Auch etwas schwedisches Geld war dabei, für alle Fälle, wie er schrieb.

Aber der Brief selbst war anders. Zum größten Teil bestand er aus einer Beschreibung von mir, wie ich an diesem Morgen schlafend dagelegen hatte. Wie es sich anfühlte, neben mir zu sitzen und sich all die Details einzuprägen, die er in den vergangenen Monaten vergessen hatte, für den Fall, dass ich bei seiner Rückkehr nicht mehr da wäre.

Zum Abschluss standen da noch ein paar Bedienhinweise für die Kaffeekanne und eine Liste von Dingen, dir mir fürs Frühstück zur Verfügung standen. Groß war die Auswahl nicht. Entweder Sandwiches, wie am Abend zuvor, oder Müsli mit Milch.

Es tut mir leid. Ich hatte wirklich nicht mit Besuch gerechnet. War das ein Seitenhieb oder einfach nur die Wahrheit?

Ich hantierte mit der Kaffeekanne herum und schaltete sie ein. Während ich wartete, schlenderte ich durch die Küche, öffnete Schubladen und Schränke und spähte hinein, auf der Suche nach … ja, wonach eigentlich? Anhaltspunkten? Es gab so weniges in dieser Wohnung. Jedes Objekt war aus einem bestimmten Grund ausgewählt worden.

Die meisten Schubladen enthielten nicht viel, nur ein paar Gebrauchsgegenstände wie Besteck und eine Schere. Doch in der letzten stieß ich auf einen Stapel Zeitungsartikel über Jonas. Sie waren in verschiedenen Sprachen verfasst, aber alle zeigten dasselbe Foto von ihm: Tätowierungen und Muskeln, die aus einem weißen T-Shirt hervorlugten, die Hände in die Jeans gesteckt, und diese durchdringenden Augen, ohne auch nur die Spur eines Lächelns.

Ich suchte mir die englischsprachigen Artikel heraus und las sie aufmerksam durch, um vielleicht irgendwelche aufschlussreichen Hinweise zu entdecken. Doch sie handelten von dem Mann, der mir im Konferenzraum von Boars & Allen mit finsterer Miene gegenübergesessen hatte. Das war nicht das, wonach ich suchte.

Über dem Kühlschrank, in den Schränken, an die ich kaum herankam, stieß ich auf die allergrößte Überraschung. Süßigkeiten. Unmengen davon. Schokoriegel, Lakritze, Tüten mit gemischten Leckereien. Jonas – eine Naschkatze? Das hätte ich nicht vermutet. Er verkörperte das genaue Gegenteil von Genuss, den Inbegriff der Selbstbeherrschung. Und dennoch bunkerte er hier einen Riesenvorrat Süßigkeiten? Ich stellte ihn mir vor, wie er an derselben Stelle stand wie ich gerade und in zwei riesigen Bissen einen Schokoriegel verschlang, und musste kichern.

Nach ein paar Schlucken Kaffee fühlte ich mich gewappnet für eine richtige Entdeckungstour und ging zurück in Jonas' Schlafzimmer. Ich öffnete seinen Kleiderschrank, sah mir seine Hemden an und stellte mir vor, wie er sie sich über die nackte Brust zog. Sein Duft hing an jedem der Hemden, also streifte ich mir eins über und knöpfte ein paar Knöpfe zu. Ich nahm den einzigen Anzug heraus, den er besaß, und betrachtete ihn genauer. Sehr schön verarbeitet. Zu welchen Gelegenheiten er ihn wohl trug?

Ich schloss die Schranktüren und ging den Flur hinab ins Wohnzimmer. Ich schlenderte über den nackten Holzboden und stöberte in seinem Bücherregal. Die meisten Titel waren auf Schwedisch, aber ich erkannte einige Namen wieder.

Am Ende des Regals stand sein Schreibtisch. Ich zog den hochmodernen Schreibtischsessel heraus und setzte mich. Erstaunlich bequem. Endlich hatte ich das erste Objekt entdeckt, in das Jonas Geld investiert hatte, welches nun, da er die Filmrechte an seinen ersten drei Büchern verkauft hatte, in Strömen hereinfließen musste.

Ich stützte die Ellbogen auf den alten Schreibtisch. Wie es wohl war, Jonas zu sein und in dieser stillen Wohnung vor sich hin zu schreiben? Ich sah hinab zu den Schubladenreihen an beiden Seiten des Schreibtischs. Sollte ich sie öffnen? Es war ja schließlich nur sein Schreibtisch und nicht sein Tagebuch, oder? Und er hatte mir nicht verboten, mich umzusehen. Auch wenn ich ihm zugegebenermaßen nicht viel Gelegenheit gelassen hatte, diese Möglichkeit zu bedenken.

Ich runzelte die Stirn. Nur ein kurzer Blick. Sobald ich auf etwas Privates stieße, würde ich sofort wieder aufhören.

In der Schublade rechts oben lagen Bleistifte, Kugelschreiber, Radiergummis, Büroklammern und diverse andere Büroutensilien. Und eine Postkarte mit dem Eiffelturm darauf. Ich drehte sie um, aber sie war nicht beschrieben. Die Schublade darunter enthielt nur leere, lose Blätter Papier. In der dritten befanden sich gebündelte Papierstapel, auf deren Seiten Jonas' Handschrift prangte. Allesamt auf Schwedisch, was mir die Entscheidung abnahm, ob ich darin herumschnüffeln sollte oder nicht. Die Schubladen waren genau wie seine Wohnung: karg, anonym.

In der Schublade oben links kamen Verträge und andere geschäftliche Dokumente zum Vorschein, einige auf Englisch, andere auf Schwedisch.

Ich packte den Griff der nächsten Schublade, wurde jedoch langsamer, als ich sie weiter herauszog. Diese hier war nicht anonym. Ein kleiner Stapel Fotos lag darin, die meisten davon schon älter, abgenutzt. Auf einem stand eine Gruppe von Jungen vor einem heruntergekommenen Wohnhaus. Vielleicht in *Norr*, der Gegend, in der er aufgewachsen war? Ich kniff die Augen zusammen und musterte die Jungs eingehend, bis ich ihn entdeckte. Jonas stand am Ende der Reihe, schon damals größer als die anderen und schon damals mit diesem *Leg-dich-ja-nicht-mit-mir-an*-Blick. Auch die anderen hatten einen ähnlichen Gesichtsausdruck, aber keiner von ihnen beherrschte ihn so meisterhaft wie Jonas.

Langsam blätterte ich weitere Fotos aus seiner Kindheit durch, bis ich zu einem kam, das mich innehalten ließ. Es zeigte Jonas, einen Mann und eine Frau an einem Picknicktisch. Alle drei versuchten zu lächeln, doch keinem von ihnen gelang es. Der Mann sah fast genauso aus wie Jonas. Dünner, ein bisschen älter, deutlich ausgelaugter, aber die Ähnlichkeit war frappierend. Sein Vater. Ich musterte das Foto noch eine Weile, bevor ich es wieder in den Stapel schob.

Ich atmete tief durch und öffnete die letzte

Schublade. Noch mehr Fotos, aber nicht mehr aus Jonas' Kindheit. Das oberste zeigte ihn zusammen mit drei anderen Männern an einem Kneipentisch voller Biergläser. Sie waren alle tätowiert und einer trug einen Verband über dem Auge, aber alle lächelten. Ich runzelte die Stirn, als ich den Ausdruck auf Jonas' Gesicht betrachtete. Er lächelte, ein echtes Lächeln. Er hatte nicht nur die Kämpfe hinter sich gelassen, als er aus dem Gefängnis gekommen war. In seinen Briefen hatte er kein einziges Mal Freunde erwähnt. Ich schluckte einen Kloß im Hals hinunter. Wie einsam Jonas sein musste.

Da waren noch mehr Fotos aus seinem Leben vor dem Gefängnis. Eines sah aus, als wäre es kurz vor einem Kampf aufgenommen worden. Jonas mit nacktem Oberkörper, getapten Fingerknöcheln, einem Mundschutz in der Hand und einem unglaublich sexy Grinsen im Gesicht. Ein Wonneschauer durchlief mich. Ich nahm das Foto aus dem Stapel und legte es auf den Schreibtisch, dann blätterte ich die Bilder weiter durch.

Bis ich zu einem kam, das mir den Atem verschlug. Jonas vor dem Eiffelturm mit einer rothaarigen Frau im Arm. Seine irische Ex-Freundin. Die Frau war viel hübscher als ich, mit hohen, markanten Wangenknochen und einem hochmütigen Lächeln, und sie schien kein Problem mit ihrer wilden roten Lockenmähne zu haben.

Jonas hatte ein Foto von sich und ihr aufgehoben. Ob er auch noch andere Dinge aufbewahrt hatte? Mit zitternden Händen legte ich den Fotostapel hin und zog die Schublade weiter heraus. Und da waren sie. Zu einem Bündel geschnürte Briefe von Siobhan Dillon aus Dublin, Irland.

Ich nahm den kleinen Stapel heraus und legte ihn neben das Foto von Jonas auf den Schreibtisch. Ich starrte die Umschläge an und nagte an meiner Lippe. Siobhan war Irin, also wären die Briefe in Englisch verfasst. Und hier lagen sie nun, als warteten sie nur darauf, dass ich sie las. Na ja, nicht ganz. Aber in diesen Umschlägen steckten womöglich Antworten auf die Fragen, die mir immer wieder durch den Kopf gingen. Wer war die Frau, die gemeinsam mit ihm diesen selbstzerstörerischen Lebensweg eingeschlagen hatte? Kämpfte er noch immer gegen den Drang an, zu ihr zurückzukehren?

Wer würde eine Frau mit einem Namen wie Siobhan nicht begehren?

Das war genau die Art von verqueren Gedanken, von denen ich mir geschworen hatte, mich nie von ihnen verrückt machen zu lassen. Ich gehörte nicht zu diesen Frauen, die heimlich die privaten Briefe ihres Freundes lasen, oder? Verärgert stieß ich einen Seufzer aus. War Jonas denn überhaupt mein Freund? Dieses Wort war so unspezifisch, so nichtssagend.

Ich strich mit den Fingern über seinen Namen. Ob ich die Briefe nun öffnete oder nicht, ich war verrückt nach Jonas. Und das bedeutete, dass ich noch nicht abreisen würde.

Ich nahm das Foto von Jonas noch einmal in die Hand und er schien mich anzugrinsen. Warum musste es von allen Männern auf der Welt ausgerechnet dieser sein? Ich legte das Foto auf den Stapel mit den Briefen und stand auf. Wenn ich schon in seinem Leben herumschnüffeln wollte, brauchte ich erst noch mehr Kaffee.

JONAS RIEF MICH am zweiten Tag an, als ich noch im Bett lag, und seine Stimme klang angespannt.

„Bist du noch in meiner Wohnung?"

„Dein Schokoladenvorrat ist ja noch nicht alle."

Er gab einen Laut von sich, der halb Seufzer der Erleichterung, halb Lachen war. „Oh, ach so. Den hast du also gefunden?"

„Und noch mehr", erwiderte ich. „Du hast mir ja jede Menge Zeit zum Herumschnüffeln gelassen."

„Fürs Herumschnüffeln habe ich wahrscheinlich die uninteressanteste Wohnung der Welt", reagierte er amüsiert.

„Das würde ich nicht sagen", entgegnete ich. „Einige von diesen Sextoys sind ziemlich interessant."

Jonas prustete. „Die musst du wohl in deiner eigenen Tasche gefunden haben. Ich bevorzuge da meine Hand."

Ich lachte, aber die Röte schoss mir in die

Wangen, als ich mir vorstellte, wie er sich genau da, wo ich gerade lag, einen runterholte. Woran dachte er wohl, wenn er auf diese Weise Hand an sich anlegte? Mir blieb noch der ganze restliche Tag lang Zeit, es mir auszumalen.

Wir hatten schon früher miteinander telefoniert, aber noch nie hatte es sich so angefühlt. So nah, so intim. Ich lag in seinem Bett, umgeben von seinem Leben. Gab es einen Begriff für das Gegenteil von einsam?

Die Leitung war still.

„Wie läuft es denn bisher mit deinem Vater?" fragte ich.

„Nicht gut", gab er zu. „Er ist sauer, weil ich meiner Mutter beim Auszug geholfen habe, sauer, weil die Nachbarn so viel Lärm machen, sauer auf den Supermarkt, weil das Bier neuerdings teurer ist." Er seufzte. „Ich glaube, er kann gar nicht anders."

Seine Stimme brach leicht, während er erzählte.

„Geht es dir gut, Jonas?" fragte ich.

„Jetzt, wo ich mit dir rede, geht's mir schon viel besser."

ES WAR UNMÖGLICH, Weihnachten in Stockholm zu entkommen. Überall herrschte Festtagsstimmung. In den Fenstern sämtlicher Geschäfte und Wohnungen waren anheimelnde, gemütliche kleine Szenen aufgebaut. Sogar die Feuerwache, an der ich vorbeikam, hatte Kerzen in den Fenstern.

Ich war schwer versucht, mir etwas Schönes zu kaufen, das mich aufheitern und mir in Jonas' karger Wohnung Gesellschaft leisten könnte. Doch während ich so durch die Straßen schlenderte und über seine Weihnachtsgeschichte nachdachte, begann ich endlich, seine Abneigung gegen die Feiertagsstimmung zu verstehen. Auf Schritt und Tritt wurde ihm vor Augen geführt, welche Heimeligkeit und Herzlichkeit ihm sein ganzes Leben lang verwehrt geblieben war.

Andererseits musste er seine Wohnung deswegen ja auch nicht gleich wie eine Gefängniszelle einrichten, oder? Wenn ich die letzten paar Tage ohne ihn überstehen wollte, musste ich etwas dagegen unternehmen.

Fröstelnd bog ich um die Ecke kurz vor seiner Wohnung und verlangsamte meine Schritte, als ich am Schaufenster des Blumenladens vorbeikam. Grün. Inmitten all der Grau- und Weißtöne dieses Wintertages schien das leuchtende Grün förmlich nach mir zu rufen. Genau das, was Jonas fehlte: ein paar Pflanzen.

Die Türglocke klingelte, als ich den Laden betrat, und meine gegen die Kälte hochgezogenen Schultern entspannten sich in der feuchtwarmen Luft, die mich empfing. Hier gab es vieles zu bestaunen. Blumensträuße, große Blattpflanzen, Farne, Moosarrangements in ausgefallenen Töpfen. Ich kam mir vor wie in einem Miniaturdschungel, durch den sich Lichterketten aus winzigen weißen

Lämpchen zogen. Einige Blumentöpfe waren mit weihnachtlichen Schleifen dekoriert, aber die vorherrschende Farbe war Grün. Die Frau am Tresen sagte ein paar Worte zu mir.

„Sprechen Sie Englisch?" fragte ich zurück.

Die Frau nickte.

Die Auswahl an Pflanzen war riesig, aber ich hatte nur zwei Hände und musste ja zu Fuß zurück zur Wohnung laufen. Ich zeigte auf einen blau glasierten Topf, über dessen Ränder Blumen und Moos quollen.

„Den hier hätte ich gerne", sagte ich. „Und verkaufen Sie die Lichterketten auch?"

ICH SETZTE MICH an Jonas' Schreibtisch, den Briefstapel der Versuchung direkt vor mir. Ich starrte die Umschläge an und malte mir im Geiste die verschiedensten Szenarien aus. Die sexy Siobhan, die ihm versaute Briefe schreibt. Die redselige, liebevolle Siobhan, die ihn vermisst. Warum hatte er sie aufbewahrt, verdammt noch mal?

Aber noch schlimmer war, dass *ich* ihm in den letzten Monaten nicht einen einzigen Brief geschickt hatte. Ich hatte viele begonnen, aber jeder davon war irgendwie langweilig und unpersönlich geworden. Nicht so bei Siobhan. Sie hatte Jonas einen ganzen Stapel Briefe geschrieben, die so gut waren, dass er sie behalten hatte.

Wenn Jonas in diesem Augenblick

hereinkäme und mich mit seinen Briefen in der Hand sähe, würde er mich dann mit demselben lüsternen, finsteren Blick wie an Heiligabend ansehen, dieser gefährlichen Mischung aus Wut und Erregung? Ich saß an seinem Schreibtisch, naschte von seinen Süßigkeiten, schlief in seinem Bett – wie in einer Erotikversion von Goldlöckchen. Mit dem Rücken an der Wand, sein schwerer Körper an meinen gepresst, seine raue Stimme in meinem Ohr.

Wer hat in meinen Briefen gelesen?

Ich schlug die Hände vors Gesicht und schüttelte langsam den Kopf. Ich musste dringend aus dieser Wohnung raus. Jonas brauchte unbedingt noch mehr Pflanzen.

5

IRGENDWANN TIEF IN DER NACHT kehrte
Jonas zurück. Ich wurde davon wach, dass ich
seinen warmen Körper hinter mir und seinen Atem
im Haar spürte. Er hatte mir eine Hand auf den
Bauch gelegt und streichelte mich sanft.

Ich drehte mich um und strich ihm mit den
Fingerspitzen über die Wange, auf der ein
Dreitagebart prangte. Sein Gesicht lag im Schein der
Lichterkette, die ich vor sein Schlafzimmerfenster
gehängt hatte. Er lächelte leicht und seine Augen
waren voller Wärme.

„Hey", flüsterte ich.

Jonas lachte leise. „Habe ich dich geweckt?"

Ich verdrehte die Augen. „Was ja ganz
bestimmt nicht deine Absicht war."

Er strich mir mit der Hand über die Schulter

und küsste mich.

„Schöne Pflanzen", sagte er.

„Gefallen sie dir? Ich war mir nicht sicher."

Er schmunzelte. „Sieht eher so aus, als wärst du dir ziemlich sicher gewesen. Überall sind welche."

Gut, vielleicht hatte ich es ein klitzekleines bisschen übertrieben, aber als ich erst mal angefangen hatte, war es schwer gewesen, wieder aufzuhören. Schnittblumen für den Tisch, ein stacheliger Kaktus für seinen Schreibtisch, ein riesiger Farn für die Wohnzimmerecke. Aber am besten gefiel mir das kleine Moosarrangement in dem dekorativen Topf auf der Schlafzimmerfensterbank.

„Ist es zu viel?" fragte ich.

„Überhaupt nicht. Ich kann dir gar nicht sagen, wie gut es sich anfühlt, in so ein Zuhause zurückzukommen."

Ich hatte eins seiner T-Shirts als Nachthemd benutzt, und nun schob er die Hände darunter, umfasste meine Taille und zog mich näher zu sich. Seine Erektion drückte gegen meinen Bauch.

„Wann bist du reingekommen?"

„Vor etwa einer Stunde."

„Und seitdem liegst du hier … *so*?" Ich schob die Hüften gegen seine Erektion und er stöhnte auf.

„So ungefähr."

Er streichelte meine Wange, mein Haar, meinen Hals. „Gott, fühlt sich das gut an."

„Nach Hause zu kommen und eine

halbnackte Frau in deinem Bett vorzufinden?"

Er lächelte und gab mir einen Kuss. „Zu wissen, dass du hier gewartet hast, während ich weg war. Ich habe auf der Zugfahrt nach Hause die ganze Zeit daran gedacht."

„Und an all die Dinge, die du gern tun würdest?"

„Ein bisschen", gab er zu. „Na gut, ziemlich viel. Aber auch an vieles andere. Daran, was ich dir erzählen wollte, was du mir erzählen würdest, was du gegessen hast, während ich weg war. Langweilige, ganz alltägliche Dinge."

Blinzelnd sah ich zu ihm hoch. Seine Augen wirkten so ernst.

„Ich habe jede Menge Rührei gegessen. Und Schokolade", erzählte ich. „Für heute erhoffe ich mir ein bisschen Abwechslung."

Er rollte sich auf mich. Seine Erektion war steinhart und drückte gegen mich. Ich seufzte auf, rückte mich unter ihm zurecht und fand neue Positionen, in denen unsere Körper perfekt zusammenpassten. Er umfasste mein Gesicht mit den Händen und küsste mich.

„Wie geht es deinem Vater?" fragte ich.

Ein paar Sorgenfalten erschienen auf seiner Stirn. „Nicht gut."

„Ich bin froh, dass du hingefahren bist."

„Ich auch. Ganz besonders, weil du noch hier bist." Er ließ seine Fingerspitzen meinen Hals hinab und über meine Schulter gleiten. „Ich habe ihm von dir erzählt."

Interessant.

„Und was genau?"

Er stützte sich höher auf die Ellbogen. Sein großer, tätowierter Körper bedeckte meinen und nur ein dünnes T-Shirt trennte uns. Langsam kam er mit den Lippen näher und küsste mich erneut zärtlich. Als er den Kopf wieder hob, waren seine tiefblauen Augen fest auf meine gerichtet.

„Ich habe ihm gesagt, dass ich dabei bin, mich in jemanden zu verlieben. Jemanden, der anders ist."

Mein Herz machte einen Satz. Es geschah wirklich. Zwischen Paris und New York und zwischen New York und jetzt Stockholm war viel Zeit vergangen, mehr als genug, um das Nachglühen unserer aufregenden Begegnungen und unseres heißen Sex wieder abklingen zu lassen. Und trotzdem. Dieser Mann mit seinem Adoniskörper und seiner schlimmen Vergangenheit und dieser Zärtlichkeit, die mich jedes Mal aufs Neue überraschte. Dieser Mann. Sehnsucht und Verlangen und dieses beständige Schwindelgefühl drohten mich zu übermannen, als Jonas sich auf mir bewegte.

„Ich glaube, ich bin schon in dich verliebt", flüsterte ich. „Mehr als es ich sein sollte."

Er hielt inne. „Auch nach der verbockten Nacht an Heiligabend?"

„Ich fürchte ja", sagte ich mit einem Anflug von einem Lächeln.

Seine Augen strahlten vor Wärme und

Zärtlichkeit. Er beugte sich hinab und küsste meinen Hals, und ich atmete tief und lange ein. Gott, roch dieser Mann gut.

Ich schmiegte mein Gesicht an sein Haar und flüsterte: „Ich habe mir diese Woche mit so einigen Dingen die Zeit vertrieben."

Jonas sah mit hochgezogenen Brauen und amüsiert blitzenden Augen zu mir hoch. „Und womit?"

„Ich habe jede Menge Zeitungsartikel über dich gelesen, den größten Teil deiner Süßigkeiten aufgefuttert und die Briefe von deiner Ex angestarrt." Bei den letzten Worten zitterte meine Stimme.

Jonas erstarrte. „Die Briefe von meiner Ex?"

Ich nickte. „Ich habe sie nicht gelesen. Aber ich wollte es."

„Warum?"

„Ich wollte wissen, wer diese Frau war, die dich so in ihren Bann gezogen hatte. Du musst sie vermissen, wenn du all die Jahre über ihre Briefe behalten hast." Meine Stimme klang ganz dünn und wackelig.

„Nein." Jonas schüttelte den Kopf. Er sah fast wütend aus. „Nein, Alice. Hast du das etwa die ganze Woche über geglaubt? Dass ich die Briefe behalten habe, weil ich sie vermisse?"

„Ja", flüsterte ich. Mein Herz hämmerte wie wild. Ich biss mir auf die Lippe. Wie oft hatte ich mich selbst ermahnt, mich deswegen nicht aufzuregen?

„Du hättest sie lesen sollen." Er stieß frustriert den Atem aus. „Sie hat mir geschrieben, um mich um Geld zu bitten, Alice."

Ich riss die Augen auf. Das stand also in den Briefen, die ich die ganze Woche lang angestarrt hatte? Ich musste blinzeln, während ich ihn ansah. „Das ist alles? Warum hast du sie denn dann behalten?"

Jonas runzelte die Stirn. „Das ist schwer zu erklären."

Ich warf ihm einen eindringlichen Blick zu. „Versuch's."

Er streichelte mir über die Wange und atmete tief durch. „Wenn ich sie lese, erinnere ich mich wieder, wie ich mich damals in meiner Haut gefühlt habe. Und zwar nicht gut. Ihre Briefe haben mich überhaupt erst dazu gebracht, dieses Leben hinter mir zu lassen."

„Oh."

Er strich mir die Haare aus dem Gesicht, mit seinen großen Händen, die so unfassbar zärtlich waren. „Jedes Mal, wenn ich in Versuchung gerate, etwas wirklich Dummes zu tun, lese ich sie."

Ich sah in seine sturmblauen Augen und stieß ein zittriges Lachen aus. „Das war meine zweite Vermutung."

Er schaute auf mich hinab und musterte mich mit gerunzelter Stirn. Dann begann er ganz langsam zu lächeln und sein ganzes Gesicht hellte sich auf. „Aber natürlich."

Er war so schön, wenn er lächelte. Er küsste

mich, spielte mit meinen Lippen, bis ich sie teilte, und erkundete meinen Mund mit langen, heißen Zungenschlägen. Ich schlang die Beine um ihn und drängte meine Hüften gegen seine.

„Verdammt", murmelte er. „Du liegst in meinem Bett, hast mein T-Shirt an und bist so weich und warm."

Ich streichelte mit den Fingern über seine Rückenmuskeln. „Ich habe diese Woche auch davon geträumt, aufzuwachen und du liegst neben mir."

„Ich will das hier richtigmachen, Alice", flüsterte er. „New York war intensiv. Und heiß. Aber das ist das, was ich will. Das hier."

„Im Augenblick machst du alles genau richtig", sagte ich.

Ich schloss die Augen und atmete seinen warmen Duft ein. In diesem Augenblick war *wirklich* alles richtig. Die starken Muskeln seiner Arme, die mich hielten, seine rauen Atemzüge in meinem Ohr, seine harte Erektion an meinem Bauch, die mich daran erinnerte, wohin das hier führen würde. Und wie gut es sein würde.

Ich lächelte ihn an. „Wie wär's, wenn ich mich ausziehe?"

Jonas setzte sich auf die Hacken und sah mir zu, wie ich mir sein altes T-Shirt auszog und mich aus meinem Höschen schlängelte. Er war bereits nackt und seine breite Brust hob und senkte sich bei jedem Atemzug. Aber diesmal wanderte sein Blick nicht hinab zu meinen Kurven. Er sah mir in die Augen und endlich erkannte ich das, wovon ich zuvor immer nur flüchtige Blicke erhascht hatte. Glückseligkeit. Echte Glückseligkeit.

Ich lächelte leicht, und auch seine Mundwinkel wanderten nach oben. Er beugte sich wieder über mich und nestelte sich zwischen meine Beine. Die Augen fest auf meine gerichtet, ließ er sich auf mich herabsinken. Seine Haut war heiß und ich spürte das Spiel seiner harten Muskeln, als ich ihn berührte.

„Es war ziemlich viel von dir verlangt, ganz allein hier auf mich zu warten und nur für mich da zu sein. Ganz besonders, wenn man bedenkt, wie ich zu dir war, als du ankommen bist." Er strich mir die Haare aus dem Gesicht und streichelte mir über die Wange. „Ich kann auch für dich da sein. Wenn du mich lässt."

Vertrau mir, baten seine Augen. *Sieh, wie ich wirklich bin.*

Ich schluckte die Flut an Emotionen hinunter, die in mir aufzusteigen drohten. „Das will ich ja, Jonas. Ich versuche es."

Er blinzelte und kurz glaubte ich, Tränen in seinen Augen zu sehen. Doch bevor ich mir sicher sein konnte, beugte er sich hinab und küsste mich. Das hier war alles, was ich mir gewünscht hatte, als ich vor seiner Tür gestanden hatte.

Er stützte sich auf einen Ellbogen und ließ eine Hand neckend und liebkosend über meinen Körper hinuntergleiten. Dann umfasste er seine Erektion und bewegte die Hand einmal auf und ab, bevor er sich vor meiner Mitte in Position brachte.

„Ich versuche es auch", flüsterte er. „Ich will dich so sehr."

Bei seinem letzten Wort drang er mit einem Mal tief in mich ein. Ich schnappte nach Luft, als mein Körper ihn umschloss. Wo auch immer wir uns berührten, passten wir perfekt zusammen. Jonas ergriff meine Hände und verschränkte seine Finger mit meinen. Dann drückte er zu und ich erwiderte die Geste. Seine schönen blauen Augen leuchteten voller Hoffnung und Verwunderung. *Das hier ist echt. Ich werde dich lieben, so gut ich nur kann.*

Mir tat das Herz weh, als ich ihm schweigend antwortete. *Du bist das, was ich will. Du bist das, was mir all die Zeit gefehlt hat.*

Sein Rhythmus war langsam und gemächlich, ehrfürchtig und herzzerreißend zärtlich. Er gab mir Dinge, die ich mir nie zu erhoffen gewagt hatte. Dinge, auf die zu hoffen ich mir immer verboten hatte, so schwer es mir auch gefallen war. Ich schlang meine Beine um seine, zog ihn näher an mich und schmiegte meine Hüften an seine. Mit jeder Bewegung, wieder und wieder, sagte er mir: „*Ich verliebe mich in dich. Bitte lass mich in dein Herz.*

„Ja", flüsterte ich. „Ja."

Er stöhnte auf, drang ein paar Mal hart in mich ein, und ich kippte über die Schwelle der Ekstase. Er folgte mir, stöhnte meinen Namen und hielt mich ganz fest.

„ICH BIN MIR NICHT SICHER, ob der Pub heute Abend auf hat", sagte Jonas und kickte mit seinen dicken Wanderstiefeln einen Schneeklumpen vom Gehweg. „An Silvester geht's ziemlich rund und vielleicht will der Pub sich das ersparen."

Ich zog meinen Mantel fester um mich gegen die Kälte.

„Aber da haben wir uns kennengelernt." Ich sah zu ihm hoch und lächelte. „Was hast du denn? Ich dachte, du stehst auf rührselig und romantisch."

Seine Mundwinkel wanderten nach oben und er zuckte mit den Schultern. „Ich will nur, dass es ein schöner Abend wird. Und an einem Abend wie heute hängen da manchmal ziemlich bescheuerte Idioten rum ..."

Jonas steckte die Hände in die Taschen und schüttelte den Kopf. Der sanfte Schein der Straßenlaternen erhellte sein Gesicht und betonte sein grüblerisches Stirnrunzeln. Aber ich lächelte ihn an und langsam lächelte er zurück.

Ich legte die Hand fester um den Briefumschlag in meiner Tasche. Es war Silvester. Mir lief die Zeit davon. Wenn ich ihm den Brief heute nicht gab, wann dann?

Wir liefen den schmalen Bürgersteig entlang und der Schnee, der alles bedeckte, dämpfte die Geräusche der Stadt. Das Knallen von Feuerwerkskörpern hallte durch die Straßen, teils ganz nah, teils weit entfernt.

„Es ist doch noch nicht Mitternacht, oder?" fragte ich.

„Erst in ein paar Stunden", erwidert er. „Die Leute knallen die ganze Nacht lang wie blöd herum."

Ich musste lachen. „Für Silvester hast du also auch nichts übrig?"

Jonas lächelte zaghaft. „Ich hatte bloß noch nie wirklich jemanden, mit dem ich es feiern konnte. Bis jetzt."

Sein Lächeln wurde breiter. Es war dieses Lächeln, das er mir schenkte, wenn niemand sonst hinsah. Wenn wir den Rest der Welt ausschlossen, wenn es nur uns beide gab.

„Deine Entscheidung." Seine Augen funkelten. „Ich würde dich ja lieber irgendwohin ausführen, wo es romantischer und kitschiger ist, aber das könnte deinen erlesenen New Yorker Geschmack beleidigen."

Ich verdrehte die Augen. „So toll es auch ist, durch die Kälte zu laufen und mich von dir schikanieren zu lassen – ich bin für den Pub."

Jonas schmunzelte. Es schneite jetzt heftiger und seine breiten Schultern waren schneebedeckt.

Er nahm meine Hand und drückte sie. „Hast du vor deiner Abreise noch Weihnachten mit deiner Mutter gefeiert?"

Ich nickte. „Ich war seit Jahren nicht mehr bei ihr zu Hause gewesen. Meine Tante ist inzwischen bei ihr eingezogen und so waren sie und meine Cousinen auch da. Für ein Weihnachtsfest im Familienkreis war es ziemlich schön."

Beim Gehen rutschte Schnee in den Schaft

meiner Stiefel und drang in das extra Paar Socken ein, das ich angezogen hatte. Jonas streichelte mit dem Daumen über meine Hand.

„Gab's schöne Geschenke?"

„Ich habe eine selbstgemachte Katzenfigur aus Ton von meiner siebenjährigen Nichte bekommen." Und einen Geschenkgutschein für eine Frisurberatung inklusive Haarschnitt, ein nicht sonderlich dezenter Wink meiner Mutter, dass mein Aussehen offenbar eine Verbesserung nötig hatte. „Und was ist mit dir, Mr. Grinch? Hast du dieses Jahr Geschenke für irgendjemanden besorgt?"

Jonas zuckte mit den Schultern.

„Vielleicht", antwortete er, ging aber nicht näher darauf ein.

Wir kamen an einem Tante-Emma-Laden vorbei, der mir bekannt vorkam.

„Hey, schau mal. Das ist unser Laden, in dem du in unserer ersten gemeinsamen Nacht Kondome gekauft hast", rief ich aus und stieß ihn mit dem Ellbogen an. „Wie romantisch."

Jonas Mundwinkel zuckten. „Du hast so glücklich ausgesehen, als ich damit aus dem Laden gekommen bin."

„Warte kurz", bat ich ihn und schlüpfte durch die Tür in das warme Geschäft.

Ich schnappte mir zwei Schokoriegel vom Tresen und reichte dem Verkäufer ein paar schwedische Geldscheine, die ich mir in die Tasche gestopft hatte. Jonas stand noch auf dem Bürgersteig, wo ich ihn zurückgelassen hatte, die

Hände in den Taschen gesteckt.

Ich gab ihm die Schokoriegel. „Für den Silvestercountdown. Zum Anstoßen."

Sein Lächeln ließ sein Gesicht strahlen. Er steckte sich die Schokoriegel in die Tasche und zog mich in die Arme. Ich spürte seinen Atem im Haar, als er mich auf den Kopf küsste.

„Danke", flüsterte er.

Kleine Menschengrüppchen, denen die Kälte nichts auszumachen schien, drängelten sich in ausgelassener Feierlaune um uns herum auf dem verschneiten Bürgersteig, zusammen mit einigen Pärchen, die nicht ganz so aufgekratzt waren. Ich erhaschte einen Blick auf eine hübsche Blondine, die Jonas schöne Augen machte.

Ich lehnte mich leicht zurück und warf einen verstohlenen Blick hoch zu Jonas, weil mich seine Reaktion interessierte, aber er sah unbeirrbar zu mir herab, als wäre nichts anderes auf der Welt von Bedeutung für ihn. Er streichelte mit mir seiner warmen Hand über die Wange. „Versprich mir nur, dass wir wieder gehen, wenn's im Pub zu wild hergeht."

„Keine Sorge", sagte ich. „Wenn dich jemand herumschubst, mache ich ihn fertig."

Er legte den Kopf in den Nacken und lächelte in den verschneiten Himmel. Ein echtes Lächeln. Kopfschüttelnd nahm er meine Hand.

„Ich verstehe mich nicht besonders gut auf all die Sachen, die Pärchen normalerweise so tun", erklärte er. „Aber ich bin bereit, es zu versuchen, wenn es das ist, was du willst."

„Danke", flüsterte ich. Wie war es möglich, dass ich nie erkannt hatte, wie sehr ich mir das wünschte?

„Weißt du, auf irgendwie total verkorkste Weise bin ich froh, dass du früher gekommen bist", sagte er. „Mir fällt ein Stein vom Herzen, dass du noch hier bist, nachdem ich solchen Mist gebaut habe."

Ich blinzelte zu ihm hoch. Er beobachtete mich eine Weile und strich mir das Haar von den Schultern. Das ganze Lachen von vor ein paar Augenblicken war verschwunden.

„Aber ich finde es furchtbar, wie ich mit dir umgesprungen bin. Es tut mir schrecklich leid." Seine Augen wirkten ernst und traurig.

„Ist schon gut", erwiderte ich. Und das war es wirklich. „Du hattest an dem Tag recht. Ich glaube, auf irgendwie verkorkste Weise habe auch ich diese Erfahrung gebraucht."

Jonas nickte leicht und drückte meine Hand.

Mit der anderen Hand umklammerte ich den Briefumschlag in meiner Tasche. Mein Herz machte einen kleinen Ruck. Bevor wir aufgebrochen waren, hatte er zugesehen, wie ich ihn aus meinem Koffer genommen hatte. Dann war er kurz in der Küche verschwunden und mit seinem eigenen Briefumschlag wieder herausgekommen – dem, der schon die ganze Woche dort gelegen hatte.

Wir bogen um die Ecke und Jonas hielt mir die Tür zum Pub auf. Der Laden war genau so schwach beleuchtet wie die Stockholmer Bürgersteige, und um die Bar scharten sich Gruppen von Gästen, meist Männer, die sich lautstark unterhielten. Nur ein paar Schritte vor uns trank ein Mann mit sorgfältig gegeltem Haar gerade einen Kurzen und stolperte rücklings auf mich zu. Jonas legte mir den Arm um die Schultern und zog mich enger an sich.

„Sieht nach einem vielversprechenden Abend aus", sagte ich.

„Es war deine Idee, nicht meine", entgegnete er trocken.

„Aber hier haben wir uns kennengelernt."

Jonas stieß einen leicht entnervten Seufzer aus. „Wir könnten auch in das Hotelzimmer aus unserer ersten Nacht gehen. Und stattdessen dort ein bisschen Zeit verbringen."

Ich lächelte zu ihm hoch. „Komm schon. Alles wird gut."

Die Nische, in der wir damals zusammengesessen hatten, war leer. Ich zog ihn an der Hand und er folgte mir durch den Pub. Allerlei Köpfe drehten sich nach uns um, als wir an der Bar vorbeikamen, wie in einem schlechten Film. Ich glitt auf die Sitzbank. Jonas zog den Reißverschluss seines Mantels auf und warf ihn auf die gegenüberliegende Bank.

„Was möchtest du trinken?", fragte er.

Ich runzelte die Stirn. Richtig. Wir waren ja in einer Bar und Jonas trank nicht … außer, wenn er richtig über die Stränge schlug. Vielleicht war es eine schlechte Idee gewesen, hierherzukommen.

„Wir müssen nicht hier bleiben", sagte ich schnell und rutschte wieder an die Kante der Bank.

Jonas hob die Augenbrauen. Er stützte eine Hand auf die Trennwand der Nische und die andere auf den Tisch und beugte sich über mich.

„Hast du Angst, ich bestelle eine halbe Flasche Whiskey?"

Ich konnte nicht erkennen, ob er scherzte oder nicht.

„Ich glaube nicht", erwiderte ich langsam.

Jonas zuckte mit den Schultern. „Ich esse hier jeden Sonntag mit meiner Mutter, schon vergessen?"

Ich nickte langsam. „Okay. Dann überrasch mich. Bring mir einfach irgendwas mit."

„Außer Bier, stimmt's?", fragte er mit einem Grinsen. „Du bist doch die Amerikanerin, die kein Bier mag."

„Stimmt."

Jonas steuerte die Bar an und ich beobachtete ihn, wie er den Raum durchquerte. Er war in jeder Hinsicht ein beeindruckender Mann, groß und ganz offenkundig durchtrainiert, was sogar unter seiner dicken Winterkleidung unverkennbar war. Die dicht zusammenstehenden Grüppchen traten auseinander, als er auf sie zukam. Er lehnte sich vor, um mit dem Barkeeper zu sprechen, und bot mir einen Blick auf seine perfekt sitzenden Jeans. Meine Wangen erröteten. Ich sah mich um, aber niemand beachtete mich.

Ich zog den zerknitterten Umschlag aus der Tasche, legte ihn auf den Tisch und strich ihn glatt. Jonas kam mit einem Glas Sekt und einer Limonade zurück. Er setzte sich dicht neben mich, genau wie an dem Abend, als wir uns hier kennengelernt hatten. Sein Blick verweilte auf dem Brief, der nun auf dem Tisch lag. Er legte mir eine Hand auf den Oberschenkel und hob sein Glas zu einem Toast.

„Auf ein neues Jahr. Einen Neubeginn."

„Auf einen Neubeginn", wiederholte ich.

Ich trank einen Schluck Sekt und setzte das Glas wieder ab. Es war Zeit. Ich holte tief Luft und griff nach dem dicken Umschlag, auf dem fein säuberlich sein Name geschrieben stand. Ich biss mir auf die Lippe und reichte ihn Jonas. Er öffnete ihn und faltete die Seiten auseinander, eine nach der anderen. Dann starrte er den allerersten Brief an. Mein Herz pochte. Ich wartete. Zu viele Minuten vergingen, während er langsam durch die Seiten blätterte.

Schließlich sah er mit großen Augen hoch.

„Das sind Briefe an mich?"

„Mit deinen können sie nicht mithalten", erklärte ich hastig. „Und die meisten habe ich nicht zu Ende gebracht. Ich bin's nicht gewohnt, über solche Dinge zu sprechen. Aber ich wollte es unbedingt versuchen, und ein paar habe ich auf dem Flug hierher zu Ende geschrieben."

Meine Stimme lief ins Leere. Jonas sah sich wieder die Seiten an und ich wandte mich ab. Es war wohl doch eine dumme Idee gewesen.

„Tut mir leid", sagte ich. „Sie sind ein bisschen deprimierend. Bestimmt hast du erwartet, darin steht etwas viel …"

„Alice?" Jonas legte mir eine Hand an die Wange und zog mein Gesicht sanft zu sich. „Ich könnte mir nichts Schöneres vorstellen. Danke."

„Sie sind vielleicht nicht besonders interessant", murmelte ich. „Ich habe versucht, ehrlich zu dir zu sein. So wie du in deinen Briefen."

„Danke", sagte er noch einmal.

Bestimmt war ich inzwischen puterrot im Gesicht. Jonas zog den Reißverschluss meines Mantels ein kleines Stück auf, legte mir eine Hand in den Nacken und streichelte mich mit dem Daumen. „Ist es dir lieber, wenn ich sie erst nach deiner Abreise lese?"

Ich nickte.

„Okay. Dann ist es jetzt Zeit für mein Geschenk." Er zog den Umschlag, den ich am ersten Tag in seiner Küche gesehen hatte, aus der Tasche. „Ich bin beeindruckt, dass du ihn nicht aufgemacht hast, während ich weg war."

Ich verdrehte die Augen. „Du hast hier jemanden vor dir, der jahrelange Übung darin hat, sich Dinge zu verwehren. Ich bin ein Profi."

Aber wäre ich nicht die ganze Woche über so von Siobhan Dillons Briefen abgelenkt gewesen, hätte ich wahrscheinlich doch einen Blick riskiert.

„Mein Geschenk ist nicht annähernd so persönlich wie deins", erklärte er und rieb sich den Nacken.

Er errötete und runzelte leicht die Stirn. War Jonas etwa nervös? So hatte ich ihn noch nie erlebt. Ich legte ihm eine Hand auf den Arm. „Hast du Angst, es könnte mir nicht gefallen?"

Jonas schüttelte den Kopf. „Das nicht. Es könnte dich abschrecken."

Ich runzelte die Stirn. Was passte in einen Briefumschlag, das mich abschrecken könnte? Die Gerichtsakten von seiner Verurteilung? Das wäre ein ziemlich morbides Geschenk, selbst für Jonas. Die Ader an seiner Kehle pulsierte heftig, und er schluckte, als er mir den Umschlag reichte. Er fühlte sich warm an. Ich ihn starrte an und musste mich beherrschen, ihn nicht augenblicklich aufzureißen. Mit seinem letzten Geschenk, den Ohrringen, hatte Jonas mich ziemlich überrumpelt. Ich musste mich erst wappnen für das, was auch immer sich in dem Umschlag befinden mochte.

„Nur zu", flüsterte er. „Mach ihn auf."

Ich öffnete den Umschlag und zog ein einzelnes Blatt Papier heraus. Mit zitternden Händen faltete ich es auseinander. Darauf war ein Bild von einem Haus direkt am Wasser zu sehen, mit einem Bootssteg und felsigem Ufer. Im Hintergrund einige Kiefern.

Ich sah stirnrunzelnd zu ihm hoch. „Ein schönes Foto", erklärte ich lahm. „Hast du das gemacht?"

„Ja", sagte er vorsichtig. „Aber gefällt dir das Haus?"

„Ja", erwiderte ich langsam. „Was ist das für

ein Haus?"

Jonas rieb sich den Nacken und wandte den Blick ab. „Na ja, ich habe es gekauft. Für uns."

„Was?" rief ich mit krächzender Stimme. „Du hast einfach so ein Haus für uns gekauft? Ohne überhaupt zu wissen, ob ich kommen würde?"

Ich rieb mir die Stirn. Wow.

Jonas holte tief Luft. „Sieh mal, ich habe diesen Herbst viel Zeit damit verbracht, mir zu überlegen, was ich tun soll. Ich will mit dir zusammen sein. Ich will das haben, was wir in Paris hatten, aber dieses Mal möchte ich, dass es Zukunft hat."

Ich musste schlucken.

„Aber ich habe solche Angst, dass ich alles versaue, wenn wir hier, mitten in meinem Alltag, sind. Als ich die Anzeige für dieses Haus weit draußen im Stockholmer Schärengarten gesehen habe, wusste ich, dass es perfekt wäre. Ich möchte, dass wir beide ganz allein sind."

„Also hast du … ein Haus gekauft?" fragte ich langsam, beinahe so, als spräche ich mit mir selbst.

„Du siehst ein bisschen so aus, als wärst du sauer darüber", bemerkte er.

Ich lachte kurz auf und schüttelte den Kopf. „Ich weiß nicht, was ich empfinde. Das ist ganz schön viel zu verkraften."

„Es ist das, was ich mir wünsche. Ich bin mit ganzem Herzen dabei."

Ich schüttelte langsam den Kopf. „So macht

man das für gewöhnlich nicht, Jonas. Wir überspringen hier gleich mehrere Zwischenschritte. Die meisten Leute kaufen sich erst dann ein Haus, wenn sie verheiratet sind."

Jonas zog die Stirn in Falten. „Ich möchte nicht heiraten, bevor wir uns nicht wirklich absolut sicher sind."

Er sah aus, als würde er es tatsächlich in Erwägung ziehen.

Mein Magen schlug einen Salto. Ich rieb mir die Schläfen. „Ich habe einen Job."

„Dann kündige. Sag deinem miesen Ex für immer Lebwohl."

„Wir kennen uns doch noch nicht einmal besonders gut", flüsterte ich.

Er nickte langsam. „Deshalb verbringen wir den Sommer dort. Nur wir, sonst nichts. Wir finden heraus, wie es ist, zusammen zu sein, eine Beziehung zu haben. Etwas, das vielleicht von Dauer ist."

Ich holte zittrig Luft. Es war so weit. Ich würde meine allergrößte Angst in einer lärmenden Stockholmer Kneipe laut aussprechen, wo alle Welt sie hören konnte.

Ich warf noch einen Blick auf das Bild des wunderschönen Hauses. „Aber was passiert, wenn du das Interesse an mir verlierst? Was passiert, wenn du genug von uns hast?"

Was ist, wenn du mein wahres Ich besser kennenlernst und deine Meinung änderst?

Jonas schüttelte den Kopf. „Nein", erwiderte

er schroff. „Das wird nicht passieren."

Er ballte die Fäuste und schnaubte kurz. Dann wandte er sich mir wieder zu. Langsam zog er den Reißverschluss meines Mantels ganz auf. Dann schob er die Hand hinein und legte sie mir um die Taille. Die Wärme seiner Handflächen drang durch mein Oberteil, während er mich mit sanften Auf- und Abbewegungen streichelte. Er zog mich an sich und ich vergrub das Gesicht an seiner Brust. Ich atmete tief ein und blendete alles andere bis auf ihn aus.

„Es gibt keine Garantien, Alice", sagte er und seine Stimme klang wie ein Grollen tief aus seinem Inneren. „Es kann passieren, dass ich dich genau auf die Arten verletze, die du am meisten fürchtest. Aber letztendlich musst du entscheiden, ob du auf das, was zwischen uns ist, vertraust. Ob es das ist, was du willst."

„Und wir warten einfach bis zum Sommer ab?" flüsterte ich und schloss die Augen.

„Ich habe mein ganzes Leben lang darauf gewartet, mich so wie jetzt zu fühlen", sagte er. „Wenn du mir sagst, dass du kommst, werde ich so lange warten, wie es eben dauert."

Ein Jubelschrei hallte durch die Kneipe. Es wurde lauter und die Stimmung im Pub uferte langsam aus. Ich richtete mich auf.

„Es geht nicht mehr nur um eine weitere Nacht", sagte er leise. „Das ist dir bewusst, oder?"

Ich lachte. „Diesmal geht's um mehr als eine Woche. Es sei denn, du hast vor, mich morgen rauszuschmeißen."

Jonas schüttelte den Kopf. „Das meine ich nicht."

„Ich weiß." Ich holte tief Luft und meine Unterlippe zitterte.

Seine Augen waren ganz dunkel und er erwiderte meinen Blick unbeirrt.

„Meine Vergangenheit wird sich nicht in Luft auflösen, Alice", erklärte er. „Aber ich bin es leid, sie zu fürchten. Mein Wunsch nach einer Zukunft mit dir ist stärker. Du und ich." Er ließ seine großen Hände höher wandern, bis zum Ansatz meiner Brüste. „Ich muss wissen, dass du auch mit ganzem Herzen dabei bist."

Erneut brauch Jubel an der Bar aus. Ich sah auf meine Uhr.

„Nur noch ein paar Minuten bis Mitternacht", sagte ich.

Jonas nickte.

„Und was sagst du, Alice?"

Die Menschen um uns herum stimmten irgendein schwedisches Lied an, wahrscheinlich zählten sie die Sekunden bis Mitternacht herab. Ein neues Jahr. Ein Neubeginn. Und ich wollte diesen Neubeginn zusammen mit Jonas. Mehr als alles andere.

„Ich bin mit ganzem Herzen dabei, Jonas", sagte ich. „Ich werde diesen Sommer zu dir kommen, und wenn es gut läuft ..."

„Keine Wenns, Alice", unterbrach er mich. „Wir werden es richtig angehen."

Jubel und Autogehupe schallten durch die winzige Kneipe, und draußen gingen überall Feuerwerkskörper hoch. Jonas zog einen Schokoriegel aus seiner Tasche und wickelte ihn aus.

„Frohes neues Jahr, Alice", sagte er und hielt mir die dunkle Schokolade vor den Mund.

„Auf den Neubeginn", wiederholte ich leise.

Ich biss von dem köstlichen Schokoriegel ab und sah Jonas dabei tief in seine stürmischen blauen Augen. Sie strahlten vor Glück – die Art von Glück, auf die ich mein ganzes Leben lang gewartet hatte. Ja, dieser Mann würde mich lieben. Und ich würde diese Liebe erwidern. So simpel war das, aber es bedeutete alles.

Er nahm ebenfalls einen Bissen und legte den Riegel auf den Tisch. Lächelnd umfasste ich sein Gesicht. Dann berührte ich seine Lippen mit meinen, schloss jedoch meine Augen nicht. Ich sah ihn von ganz Nahem an, während er mich beobachtete und geduldig wartete.

„Das ist er", flüsterte ich dicht an seinen Lippen. „Unser Anfang."

EPILOG

JONAS VERLANGSAMTE DAS Boot, als wir uns der Bucht der winzigen Insel näherten, und eine Kaskade von kleinen Wellen strömte in alle Richtungen davon. Ich befühlte meine Frisur, um nach der windigen Fahrt das Ausmaß der Verwüstung abzuschätzen. Oje. Hoffnungslos. Die verschlafene kleine Insel bestand größtenteils aus Kiefern und Felsen, aus denen am Ufer ein paar Blockhütten hervorlugten. Die meisten davon waren leuchtend rot gestrichen und weiß verziert, außer der, auf die wir zusteuerten. Das größere, moderne Haus am Ufer kam langsam in Sicht. Ich stand auf und hielt mich am Bugfenster fest, um nicht das Gleichgewicht zu verlieren.

Es war real. Das Sommerhaus war nicht nur ein verrückter Traum, den ich letztes Silvester gehabt hatte. Die kleine Insel in den Stockholmer Schären, die Julisonne, die mir den Rücken wärmte, und der Mann neben mir – alles real.

Jonas hatte beinahe den gesamten Juni damit

verbracht, das Haus herzurichten. In seinen Briefen hatte er mir detailliert von seinen Projekten wie der Reparatur der Bootsanlegestelle und dem Bau einer neuen Terrasse auf den Felsen erzählt, und die Auswirkungen waren ihm deutlich anzusehen. Sein Haar war von der Sonne hellblond gebleicht und seine Haut schimmerte golden. Nicht nur an den Armen. Ich hatte einen Blick unter sein Hemd erhaschen können, als er die Taschen ins Boot gehievt hatte, und sein Bauch war ebenso köstlich sonnengeküsst.

Er musste wohl den ganzen Monat über mit nacktem Oberkörper im Freien gearbeitet haben. Wenn ich mich so lange in der Sonne aufgehalten hätte, wäre meine Haut jetzt krebsrot. Nicht so die seine. Ich hatte mir die Szene schon ein Dutzend Mal vor meinem inneren Auge ausgemalt, seit wir im Stockholmer Hafenbecken abgelegt hatten. Jonas, ohne Hemd und nur in Jeans, wie er einen Stapel Holzbretter stemmt, seine Tattoos glänzend vor Schweiß.

„Das ist es", drang Jonas' Stimme über das Geräusch des Motors hinweg in meine Fantasiewelt ein.

Mein Herz klopfte heftig, als wir uns dem schmalen Bootsanleger näherten. Eine kleine Leiter reichte bis hinab ins Wasser, vermutlich zum Schwimmen, und der neu gebaute Steg verband den Anleger mit den Stufen zur Terrasse. Oberhalb davon stand ein Haus, das viel größer war als alles, was ich je bewohnt hatte.

„Es ist wunderschön, Jonas", sagte ich.

Er nickte. „Es ist sehr ruhig hier. Ich glaube, das Haus nebenan gehört einem älteren Dichter, aber gesehen habe ich ihn noch nie."

Er zeigte auf die kleine rote Blockhütte, die neben dem großen, modernen Haus winzig und unscheinbar wirkte. Jonas' und mein Sommerhaus. Weit weg von allem.

„Ich kann noch immer nicht glauben, dass du dieses Haus gekauft hast", erklärte ich, während Jonas das Boot festmachte.

Er deutete auf die Taschen, die unter dem Deck verstaut waren, und ich reichte sie ihm, eine nach der anderen. Nachdem alles ausgeladen war, half er mir heraus. Als ich auf den Steg trat, zog er mich an sich, ganz dicht an seinen warmen Körper.

„Ich kann immer noch nicht glauben, dass du gekommen bist", sagte er und ließ seine Lippen auf meinen verweilen. „Ich kann nicht fassen, dass mein verrückter Plan, mit dir zusammen zu sein, tatsächlich aufgegangen ist."

„Ich bin noch nie an einem Ort wie diesem gewesen." Häuser wie dieses gehörten in der Regel Menschen mit viel Geld, und ich hatte noch nie auch nur in Erwägung gezogen, einmal so etwas haben zu wollen. Das war etwas war völlig Unerreichbares für ein Mädchen aus Brooklyn. Und doch war ich hier. Mit Jonas.

„Sag mir einfach Bescheid, wenn die Stille anfängt, dich in den Wahnsinn zu treiben", sagte er.

„Und dann kaufst du uns noch ein Haus in

der Stadt?"

Jonas lachte. „Wenn du das möchtest."

Er ließ mich los und hob die Kühlbox hoch. Ich griff nach meinem Koffer und folgte Jonas hinauf zum Haus. Ich zog meinen kleinen Rollkoffer über den neuen Gehweg, der sich durch die Felsen schlängelte, und zerrte ihn die schmalen Stufen zur Terrasse hinauf. Oben angekommen blieb ich stehen und drehte mich um. Jonas' Boot trieb friedlich neben dem Steg im Wasser.

„Ist das Wasser hier kalt?" fragte ich und drehte mich zu ihm um.

Jonas zuckte mit den Schultern. „Nicht besonders. Warum? Willst du schwimmen gehen?"

„Auf keinen Fall", erwiderte ich und schüttelte den Kopf. „Was weiß denn ich, was sich alles in diesem Wasser herumtreibt!"

Er schmunzelte und drückte mir die Schulter. „Ich erahne ein neues Projekt am Horizont."

Zwei Flügeltüren führten in ein Wohnzimmer mit hoher Decke, das bis auf eine lange graue Couch fast völlig leer war und den Blick aufs Wasser freigab. Der Raum ging in die ebenfalls offen gestaltete Küche über, in deren Ecke ein Tisch mit zwei Stühlen stand. Mitten auf der Arbeitsplatte prangte ein riesiger Farn.

Jonas stellte die Kühlbox ab und beobachtete mich. Er rieb sich den Kiefer. „Es ist ein bisschen karg. Ich dachte, die Pflanze könnte dir gefallen."

„Ich finde es wunderschön", sagte ich und meine Stimme zitterte.

Er nickte knapp. „Lass mich schnell die Lebensmittel in den Kühlschrank stellen, dann zeige ich dir den Rest des Hauses."

Ich ließ meinen Koffer an der Tür stehen und ging zur Couch. Ich legte mir die Kissen an einem Ende zurecht und lehnte mich zurück, um Jonas zuzusehen. Er ging neben der Kühlbox in die Hocke, hob Dinge heraus und räumte sie in die Schränke, und ich genoss es, dem Spiel seiner Muskeln unter seinem Shirt zuzusehen. Er sah über die Schulter und fing meinen Blick auf, doch ich wandte mich nicht ab. Grinsend machte er sich wieder an die Arbeit.

„Woher hast du das Geld für so ein Haus?" fragte ich. „Bücher zu schreiben bringt doch nicht so viel ein, oder?"

Jonas zuckte mit den Schultern. „Die internationalen Übersetzungen, die Filmrechte an meiner gesamten Serie. Das bringt mehr als genug ein für eine Weile."

Ich runzelte die Stirn.

„Ich weiß, es sieht extravagant aus, aber es war wirklich nicht so teuer. Nicht viele Leute zieht es hierher. Es ist ein bisschen einsam hier draußen auf der Insel. Das betrachten viele als Nachteil."

Als er die Kühlbox leergeräumt hatte, kam er zur Couch und setzte sich neben mich auf die Kante, sodass ich ein Stück rücken musste. Er wandte sich mir zu und streichelte meine Wange. „Ich habe dieses Haus gekauft, damit wir die bestmögliche Chance haben, zusammen zu sein.

Nur das ist es. Ein Ort, an dem wir eine Chance haben."

„Es ist fantastisch", flüsterte ich. „Ich war noch an einem Ort wie hier."

Er streichelte mir langsam über den Arm und schloss liebkosend seine langen Finger darum. „Bereit für die Besichtigung?"

Ich legte meine Hand auf seine. „Zuerst habe ich noch ein paar Neuigkeiten."

Er drückte meinen Arm und auf seiner Stirn erschienen ein paar Falten. „Gute oder schlechte?"

„Gute, finde ich", sagte ich. „Es geht um die Arbeit."

Er hob die Augenbrauen. „Hast du gekündigt?"

„Mehr oder weniger."

Während er auf eine genauere Erklärung wartete, streichelte er meinen Arm weiter und seine Hand lag warm und schwer auf meiner Haut.

„Ich werde als freiberufliche Redakteurin arbeiten", fuhr ich fort. „Weiterhin bei Boars & Allen, aber ich muss nicht mehr vor Ort im Büro sein."

Begreifen zeichnete sich in seinen Augen ab, und die Falten verschwanden von seiner Stirn. „Also könntest du von hier aus arbeiten?"

Ich nickte. „Sofern keiner von uns beiden den anderen nach zwei Wochen erwürgen möchte."

„Wow." Er rieb sich mit der anderen Hand über die Augen.

„Das ist ein gutes Wow, oder?" fragte ich.

Er fing meinen Blick auf und seine dunkelblauen Augen waren voller Wärme. „Das allerbeste."

Er hauchte mir einen Kuss auf die Lippen und drückte meinen Arm noch einmal kurz, dann ließ er mich los.

„Komm", sagte er und stand auf. „Ich führe dich mal herum."

Er schnappte sich meine Tasche, reichte mir die Hand und zeigte mir kurz sein Büro und ein Badezimmer, bevor wir die Treppe hinaufstiegen. Oben angekommen zeigte er in ein leeres Zimmer auf der linken Seite. „Dein Büro, wenn du möchtest."

Ich steckte den Kopf hinein. Der Raum war schätzungsweise so groß wie meine Wohnung in New York.

„Schon allein das ist es wert, dich nicht zu erwürgen", bemerkte ich.

Jonas lächelte und nickte in Richtung der anderen Treppenseite. „Und das Schlafzimmer."

Wie der Rest des Hauses war auch dieser Raum weiß gestrichen, besaß hohe Decken und eine breite Fensterfront zum Wasser hin. Eine Flügeltür führte hinaus auf einen kleinen Balkon mit zwei Holzstühlen. In der Mitte des Zimmers stand ein großes Doppelbett mit einer riesigen roten Bettdecke und jeder Menge Kissen am Kopfende. Eingerahmt wurde es von passenden weißen Nachttischen. Auf einem stapelten sich Bücher, auf dem anderen stand eine Vase mit roten Rosen.

Ich atmete ein paar Mal tief durch, ging hinüber zum Kleiderschrank und öffnete die Türen. Auf der einen Seite hingen ein paar von Jonas' Hemden auf Bügeln, der Rest seiner Kleidung lag ordentlich gefaltet in den Regalfächern. Die andere Seite war leer.

Ich war die fehlende Hälfte in diesem Zimmer. Er hatte auf mich gewartet.

Jonas stellte meinen Koffer vor dem Kleiderschrank ab und trat von hinten an mich heran. Er legte mir seine Hände um die Taille und streichelte mir langsam seitlich am Körper auf und ab.

„Du kannst alles ändern, was du möchtest", sagte er und seine Stimme klang ein wenig heiserer als zuvor.

Ich schluckte und schüttelte den Kopf. „Nein. Es ist perfekt."

„Das ist es jetzt, wo du hier bist", flüsterte er. Er strich mir die Haare aus dem Nacken und drückte seine Lippen auf meine Haut.

„Warte."

Ich löste mich aus seinen Armen und griff nach meinem Koffer. Ich öffnete die vordere Tasche und zog ein Bündel Briefe heraus. Jonas sah erst die Briefe, dann wieder mich an.

Ich lächelte. „Das sind deine. Ich möchte, dass du sie mir laut vorliest."

Er zog eine Augenbraue hoch.

„Die guten Sachen", ergänzte ich.

Er lachte. „Du weißt, wohin das führen

wird."

„Zu noch mehr guten Dingen." Ich ging zum Nachttisch hinüber und legte die Briefe neben die Rosen. Dann lächelte ich ihn über die Schulter an. „Ich habe dir auch ein paar Süßigkeiten mitgebracht, falls du darauf Lust hast."

Er schüttelte den Kopf und folgte mir zum Bett.

Ich holte tief Luft. „Als ich deine Briefe gelesen habe, konnte ich nur an deine Stimme denken."

Ich zog einen aus dem Stapel und faltete ihn auseinander. Ich überflog die erste Seite und drehte sie um. „Hier ist schon was."

Er sah mir über die Schulter zu der Stelle, auf die ich zeigte. „Damit fangen wir an?"

Seine blauen Augen loderten vor Hitze und er setzte sich aufs Bett. Dann legte er sich auf den Rücken, sodass er mit dem Kopf auf einem der Kissen lag. Ich legte mich auf die Seite neben ihn und verschränkte meine Füße mit seinen. Niemand auf der Welt roch so gut wie Jonas. Ich schob eine Hand unter sein T-Shirt und erkundete das Relief aus harten Bauchmuskeln und goldblonden Haaren.

„Ich wäre dann so weit", sagte ich.

Er warf mir kurz noch einen Seitenblick zu, räusperte sich und begann zu lesen.

„‚Habe ich dir schon mal erzählt, wie oft ich von dir träume? Wahrscheinlich ja, aber ich sage es dir noch einmal.'" Seine Stimme war tief und rau. „‚In meinen Träumen sind wir an allen möglichen

Orten. Paris. New York. Sogar an Orten, an denen wir noch nie zusammen waren. Die Stockholmer Schären im Sommer. Da ist es übrigens wunderschön.'"

Sein Blick huschte kurz zu mir hinüber, und er lächelte.

„‚Manchmal habe ich unendlich einsame Träume, in denen du sagst, dass du gleich wieder da bist, und dann verschwindest du und ich finde dich nicht mehr. Aber meistens sind es andere Träume.'"

Jonas hielt wieder inne und sah mich einen Augenblick lang an. Ich stützte mich auf den Ellbogen und hauchte ihm einen Kuss auf die Lippen.

„Lies weiter", forderte ich ihn auf.

„‚Die Art von Träumen, aus denen ich mit einem Ständer erwache.'" Er stöhnte leise auf und fuhr fort. „‚Letzte Nacht hatte ich so einen. Wir waren an dem Haus, das ich für uns gekauft habe. Du warst im Wasser und ich auf dem Steg. Sonst war niemand in der Nähe.'"

Ich streichelte ihm in langsamen Kreisen über den Bauch. Ihm stockte der Atem.

„‚Du bist rausgeklettert und hattest nichts an. Du warst ganz nass und aus deinem schönen Haar tropfte Wasser über deine Brüste. Du hast mich angesehen, als wäre ich das Einzige auf der Welt, das du begehrst.'"

Ich ließ meine Hand tiefer nach unten gleiten und er stöhnte auf.

„Was ist dann passiert?" flüsterte ich.

„‚Du bist auf mich zugekommen und hast dich zwischen meine Beine gekniet.'" Seine Stimme klang jetzt gepresst.

Ich richtete mich auf Händen und Knien auf und kletterte zwischen seine Beine. Sein T-Shirt war ein Stück hochgerutscht und gab den Ansatz seines Waschbrettbauchs und seiner Tattoos frei. Es war zu schön, um wahr zu sein, aber wir waren tatsächlich hier, mitten in den Stockholmer Schären, und wagten zaghaft unsere ersten gemeinsamen Schritte.

Ein Gefühl der Wärme stieg in mir auf und breitete sich aus. Endlich hatte all mein Sehnen und Warten das Ziel erreicht.

„Und dann?" fragte ich mit zitternder Stimme.

Jonas stieß ein ersticktes Lachen aus und ließ den Brief zu Boden fallen. „Dann habe ich aufgehört zu lesen und in echt weitergemacht."

Im Nu lag ich auf dem Rücken und er lag auf die Ellbogen gestützt auf mir.

„Jetzt bin ich dran, dich zu foltern", murmelte er und küsste meinen Hals.

Er strich mir die Haare von der Schulter zur Seite. Seine rauen Finger zeichneten mein Schlüsselbein nach und er küsste meine nackte Schulter. Seine pochende Erektion drückte gegen mich, doch seine Küsse waren zärtlich und langsam. Er ließ die Hände über meinen Körper gleiten, erkundend, sich erinnernd. Seine Atemzüge erfüllten mein Ohr, als er mir zuflüsterte, was er alles an mir vermisst hatte, was er alles mit mir machen wollte.

„Warte", bremste ich ihn und lachte. „Was ist mit den Briefen?"

„Dafür haben wir auch noch Zeit. So viel Zeit."

Es war wahr. Wir hatten für immer. Endlich.

*

Vielen Dank, dass Sie die Geschichte von Jonas und Alice gelesen haben. Ich hoffe, sie hat Ihnen gefallen!

Wenn Sie noch mehr von Rebecca Hunter lesen möchten, wie wäre es mit **Herzklopfen in wilden Nächten** und **Paradies auf Green Island** (beide als CORA Verlag erhältlich)? Besuchen Sie auch meine Website **www.rebeccahunterwriter.com** und melden Sie sich für meinen (englischsprachigen) Newsletter an, um immer über neue Veröffentlichungen auf Deutsch auf dem Laufenden zu sein.

ÜBER DIE AUTORIN

Rebecca Hunter ist Schriftstellerin und Übersetzerin, deren Liebe schon immer dem Lesen und Reisen gilt. Sie besitzt zwar einen Bachelor-Abschluss in Englisch und einen Master-Abschluss in Englisch als Lehramt, doch das meiste, was sie über das Schreiben von Liebesromanen gelernt hat, stammt aus anderen Quellen.

Im Laufe der Jahre lebte sie an vielen Orten, darunter Michigan, wo sie aufgewachsen ist, New York, San Francisco und natürlich Stockholm. Nach ihrem letzten Umzug von Schweden zurück in die San Francisco Bay Area schworen sie und ihr Mann sich, nie wieder umzuziehen. Na ja, höchstwahrscheinlich nie wieder.

Ihr Debütroman, *Stockholm Diaries, Caroline*, wurde 2016 mit dem „National Excellence in Romance Fiction Award" (NERFA) ausgezeichnet. *Best Laid Plans*, das erste Buch ihrer „Blackmore Inc."-Serie für die Harlequin DARE-Reihe, gewann den NERFA- und den HOLT-Medaillon-Wettbewerb 2019 und erhielt eine Sterne-Rezension vom Library Journal.

Herzklopfen in wilden Nächten

Als der Streit mit ihrem Ex zu eskalieren droht, kommt Marianna ein muskulöser, gut aussehender Mann zu Hilfe: ausgerechnet Simon, ihre Jugendliebe! Elf Jahre lang hatten sie keinen Kontakt, aber jetzt braucht Mari den sexy Bodyguard mehr denn je. Denn sie will unbedingt herausfinden, welche dunklen Machenschaften ihr Ex im Namen ihrer gemeinsamen Firma betreibt, und das kann richtig gefährlich werden! Doch noch mehr Herzklopfen bescheren Mari die heißen Küsse ihres Beschützers Simon und bald auch die wilden Nächte mit ihm …

Paradies auf Green Island

Bei Natashas Anblick verschlägt es Max den Atem! In ihrem hautengen Wetsuit steigt sie aus dem Meer, und die glitzernden Wassertropfen rinnen an ihren herrlichen Kurven herab ... Gemeinsam verbringen sie aufregende Tage und lustvolle Nächte auf einer paradiesischen Insel vor der Küste Australiens und erfüllen einander ihre geheimsten Fantasien. Erst als Max seine Gefühle ins Spiel bringt, zieht Natasha sich unvermittelt von ihm zurück. Wie kann er seine Traumfrau überzeugen, dass er kein Playboy ist, sondern der Richtige für sie - für immer?